Wilhelm Jordan

Liebe, was Du lieben darfst

Schauspiel in drei Aufzügen

Wilhelm Jordan

Liebe, was Du lieben darfst
Schauspiel in drei Aufzügen

ISBN/EAN: 9783743644809

Hergestellt in Europa, USA, Kanada, Australien, Japan

Cover: Foto ©Andreas Hilbeck / pixelio.de

Weitere Bücher finden Sie auf **www.hansebooks.com**

Liebe, was Du lieben darfst.

Personen.

Freiherr Josua von Thoruhn.
Gerharde, seine Tochter.
v. Lisko, sein Gutsnachbar.
Landolin, Ingenieur.
Helly.
Gunzenbacher, Commissionsrath.
Dr. Fritz Wipf.
Makaun, Factotum bei Thoruhn.
Ramshorn, Förster.
Käthe, dessen Adoptivkind.

Spielt auf dem Landgute Thoruhns.

Liebe was Du lieben darfst.

Schauspiel in drei Aufzügen

von

Wilhelm Jordan.

Den Bühnen gegenüber Manuscript.

―――※―――

Frankfurt a. M.
W. Jordan's Selbstverlag
1892.
Leipzig: F. Volckmar.

Alle Rechte vorbehalten.

Erster Aufzug.

Lichtung, auf beiden Seiten von Unterholz begrenzt, mit Fernsicht auf waldgekrönte Bergkuppen, die, nach links ansteigend, mit oderfarbiger Schroffe endigen. Vor dem Fuß der Höhen, durch Erlengruppen angedeutet, ein Bach; von diesem im näheren Hintergrunde rechts, ein Streifen Wasser sichtbar. Vorn rechts, unter überhängendem Gesträuch, ein unbearbeiteter mannslanger Granitblock in Bankhöhe.

Erster Auftritt.

Förster Ramshorn (von links vorn). Schade, daß ich den Freiherrn nicht zu Hause fand. Muß ihn aufsuchen, eh' der Zwölfender zurückwechselt. Wo find' ich ihn? Am sichersten wohl an dem Unglücksloch auf dem Fuchsbühl. (Will hinten links abgehen.)

Käthe (hinter der Scene rechts). Halt, Vater, halt! (Tritt auf.)

Ramsh. Die Käthe! Was willst Du, lieb Kind?

Käthe. Dich ein Weilchen festhalten zum Frühstücken. Habe Dich gesucht am Teufelskaderich, wo Du vor Morgengrauen den Auerhahn verhören wolltest. Bist mir aber seitwärts durch die Lappen gewischt.

Ramsh. Wegen eiliger Meldung für den gnädigen Herrn. Was hast Du da?

Käthe. Dein Morgenbrot, und hier, in den Strumpf gewickelt, zum Warmhalten, ein Fläschchen Kaffee Du bist nicht mehr ganz jung; das Fasten taugt Dir nichts. Sollst mir nicht wieder schwach werden, wie neulich, als Du mit dem Herrn von Lisko von der Balz heimkamst.

Ramsh. (ißt und trinkt). Ja, Du denkst an Alles, meine Herzenskäthe, mein Alterstrost Könnte Dich nicht lieber haben, wenn Du mein leiblich Kind wär'st.

Käthe. Schnickschnack! Davon mag ich nichts hören. Ich bin Deine Tochter, und damit gut. Der rothe Wilm soll ja auch ein ordentlicher Förster gewesen sein. An seinem Namenstag bet' ich, daß ihm unser Hergott die ewige Seligkeit schenke — weil der Herr Pastor sagt, so schicke sich's. Möcht' ihn ja gern auch lieb haben, wenn ich nur wüßt, wie ich das anstellen soll. Weiß ja sonst weiter nichts von ihm, als daß ich im Taufbuch als sein Kind eingeschrieben stehe. Als ihn die Wilddiebe tobt geschossen hatten und meine Mutter im Kindbett gestorben war, da hast Du mich armes Wurm zu Dir genommen, mich aufgepäppelt und groß gehätschelt. Da ist's kein Kunststück, da wächst die Liebe von selbst.

Ramsh. (küßt sie). Hast ganz recht. Mein Glückskind bist Du, meine Tochter Käthe. Da hat Niemand Nichts brein zu reden. Aber nun fort, da seh' ich den Freiherrn kommen. (Käthe ab.) Wie von der Pürsch, aber von der Kahlmark her und in die verirrt sich kaum noch ein Hase. Im Gesicht steht's ihm zu lesen, er war wieder am verwünschten Altmanns-Schacht. Kann's nicht lassen, sich da das letzte Restchen Lebensluft wegzumartern.

Zweiter Auftritt.

Thoruhn (mit Gewehr und Jagdtasche, in dunkelgrüner Joppe, an der Kappe eine Spielhahnfeder, von hinten links). Was bringst Du, Ramshorn?

Ramsh. Suchte Ew. Gnaden im Schloß. Melde gehorsamst, daß aus dem herzoglichen Revier ein kapitaler Zwölfer übergetreten. Steht in der Dickung zwischen dem Erlensprind und dem Teufelskaderich. Eben bester Gegenwind zum Anpürschen.

Thoruhn. Hole Dir Herrn von Lisko. Der Erlensprind liegt in seinen Grenzen.

Ramsh. Gnädiger Herr haben doch mich und die Jagd mit Herrn von Lisko gemeinsam.

Thoruhn. Allerdings. Muß mich aber nach seinem Beispiel richten. Er meidet mein Gebiet, seit — seitdem — Na, D u darfst es ja wissen, seitdem meine (korrigirt sich) seitdem die — Gerharde eigensinnig gewesen ist.

Ramsh. Hab' so was munkeln gehört.

Thoruhn. Bin außerdem gar nicht aufgelegt.

Ramsh. Natürlich! Kommen ja wieder vom Fuchsbühl.

Thoruhn. Hast leider recht. Es ist stärker als ich. Muß immer wieder an den Altmannsschacht. Mit der Uhr in der Hand werf' ich Steine hinein. Wenn ich sie nach kaum zwei Sekunden aufschlagen höre, dann sinn' ich, wie es doch vielleicht möglich wäre, daß ein hineingestürztes Frauenzimmer unten in der Tropfsteinhöhle ankäme ohne anderen Schaden, als kurze Ohnmacht und den Verlust eines halben Aermels ihrer Sammetjacke. Möchte so gern an das Wunder glauben. Kaum aber hab' ich's mir halb und halb eingeredet, so denk' ich wieder an die fatale Genauigkeit — des Kalenders. Du bist ja mein einziger Mitwisser. Wareſt bei mir, als wir sie in der Höhle liegen fanden und den — Wittich, den theuern Freund — oder Schurken, knieend über sie hingebeugt. War sie wirklich noch halb ohnmächtig, oder nur tödtlich erschrocken über unser Erscheinen und zermalmt von ihrer Schande? Wer kann das wissen?

Ramsh. Seit Ihr Kriegskamerad Wittich drüben in Amerika gestorben ist, allein Gott im Himmel.

Thoruhn. Sie selbst blieb trotzig stumm. Dann wurde sie irr und starb, einige Stunden nach Geburt der Gerharde, ohne zu Sinnen gekommen zu sein

Ramsh. Mir gedenkt's noch, wie versessen der Doctor Wittich war auf's Herumstöbern in der Höhle. Wie 'n Schatzgräber wühlt' er da nach Stückchen Holzkohle, verkalkten Knochen und Feuersteinsplittern. Meinte, sie rührten her von wilden Menschen, die da gehaust vor der Sündfluth und sich das Fleisch von Elephanten und

Bären gebraten. Just undenkbar ist es nicht, daß er auch am Unglückstag nach solchen Ueberresten unten herumstocherte. Oben auf dem Fuchsbühl war dazumal das enge Schachtloch wirklich so überwachsen von Brombeeren und Nesseln, daß die Gnädige beim Spazierengehen immerhin un= vermerkt hineingerutscht sein könnte. Möglich also bleibt's, daß Ihr Verdacht doch falsch ist. Ihnen den ehrlich ausreden, kann auch ich nicht. Aber, Freiherrliche Gnaden, Ihnen den Text lesen, das darf ich doch, das muß ich immer wieder, auch wenn es nichts hilft. — Das liebe, herzige Fräu= lein, das sprechende Ebenbild Ihrer . . . .

Thoruhn. Das eben ist's ja, was mich toll macht!

Ramsh. Und sündig, schwer sündig. Das Fräu= lein kann doch nichts dafür. Nehmen Sie sich Ihren alten Förster zum Exempel. Bin Hagestolz geblieben, weil ich die Liebste nicht zur Frau be= kam. Aber als ihren Mann die Wilddiebe todt= schossen und sie im Wochenbett starb, da nahm ich die kleine Käthe zu mir, und nun ist das Mädel meine Seeligkeit. Daß ihr Vater, der rothe Wilm, mich als Nebenbuhler ausgestochen, das ver=

schlägt mir gar nichts. Naturstimme? Alter Unsinn! Treue Pflege und Gewohnheit thun allemal das Beste. Ein fremdes Kind von guter Art bekommt man akkurat so lieb, wie sein eigen Fleisch und Blut. Selbst die Raben füttern fremde Brut auf, wenn ihr die Eltern vom Nest weggeknallt sind. Freiherrliche Gnaden, machen Sie's wie ich und die Raben.

Thoruhn. Ich versuch's ja. Mein' auch, mit treuer Pflege meine Schuldigkeit gethan zu haben. Aber der verstockte Ingrimm hat sich zu tief eingefressen. Ach, ich hab's schwerer, als Du mit der Käthe. — Sieh', mein Schloßgut ist nicht ländliche Waare, sondern seit gut vierhundert Jahren der Erbleib des alten Geschlechts der Thoruhne. Wie meine Väter, bin ich seine lebendige, denkende, erhaltende Erbseele. Es thoruhnisch zu bewahren ist all mein Sinnen. Wenn ich mir manchmal einschwatze, die Gerharde sei doch meine Tochter, dann plan' ich wohl, mir einen passenden Schwiegersohn zu adoptiren. Alsbald aber krächzt mir der Teufel den Namen in's Ohr, der mir wie mit glühendem Eisen in's Gehirn eingebrannt ist: — Wittich, Wittich! — Und alles Mitleid,

alle Liebe verlobert zu wüthigem Ingrimm auf
Erben aus Wittich'schem Geblüt. Je närrischer es
mich oft überkommt wie väterliche Verliebniß, desto
lauter schreit's inwendig: Kuckuck, Kuckuck.

Ramsh. Ja, von dem Ende hab' ich's mir
niemalen überlegt! Dagegen weiß ich nicht an=
zureden mit meinem bischen Försterverstand. Ar=
mer Herr!

Thoruhn. Komm, alte treue Seele. Habe noch
mit Dir zu reden wegen der vermaledeiten Eisen=
bahn. (Beide vorn links ab.)

Dritter Auftritt.

(Lisko in Jagdanzug mit Gewehr; Landolin, Leder=
tasche und Fernrohr in Futteral umgehängt; führt einen
Stock mit Hammer als Griff.)

Landolin. Wo jene Bergwand in steiler
Böschung abfällt, würde der Tunnel ausmünden.
Dort beginnt der Hochwald, den die Eisenbahn
mitten durchschneiden müßte.

Lisko. Zur Verzweiflung meines Nachbarn,
des Freiherrn Josua von Thoruhn. Fünf Jahre
hat er's zu hindern gewußt. Unser Herzog hält
große Stücke auf den schrullenhaften Kauz.

Land. Eben euer Herzog bewog mich, beide in Frage stehende Zweiglinien nochmals zu untersuchen und endgültig zu entscheiden.

Listo. Du wirst schon wissen, daß im Fuchs= bühl die Natur euch vorgearbeitet hat?

Land. Mit einer Tropfsteinhöhle, die aber den Tunnelbau möglicherweise auch erschweren, sogar verbieten kann.

Listo. Ueber Naturschwierigkeiten und Kosten wirst Du bald im Reinen sein. Aber glaube mir, hundert Meilen drüben durch die Rocky mountains sind ein Spaß gegen die hier fraglichen fünf oder sechs Kilometer. Granit ist Butter gegen die Nicken unserer Actenklexer und Altnarren.

Land. Vorgeschmack davon bring' ich mit.

Listo. Darum ist mir unverständlich, wie Du nach so großartigen Leistungen in Amerika herüberkommen mochtest zu dieser Lumperei.

Land. Kam auch nicht dazu herüber.

Listo. Sondern?

Land. Ja, das ist ein wunderliches Geheimniß. Weiß es selbst nur halb. Und diese Hälfte darf ich auch Dir wieder nur halb erzählen.

Lisko. So thu's hier. Setzen wir uns dazu auf den — Brunhildenstein

Land. Brunhildenstein nennt ihr diesen erratischen Block?

Lisko. Nur ich, — nach Thoruhns brunhildischer Tochter Gerharde. Doch das ist eine leidige Geschichte. Von der ein andermal. Jetzt die deine, so weit Du darfst

Land. Von des Herzogs Auftrag versprach ich mir willkommene Erholung von monatelang vergeblicher Suche.

Lisko. Wonach?

Land. Nach einem Mann, der irgendwo in Thüringen sitzen muß, von dem ich aber nicht einmal den Namen kenne. — Meine Section der Pacific-Bahn war fertig. Ich erwartete Abnahme und Eröffnung auf der höchsten Station in der Sierra Nevada. Dann wollt' ich die längst geplante Reise nach Europa antreten. Ich wußte schon ungefähr, welcher Gewissensdruck meinen Vater bewog zu dem Verlangen, daß ich mit meiner Studienfahrt einen Besuch seiner alten Heimath verbände. Auch seine Wünsche waren mir nicht unbekannt, wohl aber, wo und bei wem ich sie erfüllen sollte. So oft er dies Thema berührte, überkam ihn eine krankhafte Aufregung, die mich zuweilen ängstigte wie Geistesstörung. Niemals konnte er sich entschließen, Person und Ort zu nennen. Das unterließ er auch im letzten Brief, den er von seiner Farm in Illinois an mich richtete. Er käme selbst, schloß er; dort wolle er mir Alles zwar nicht sagen, aber aufschreiben. — Sein Zug, — einer der ersten der Pacific-Bahn — wurde von den Sioux überfallen. — Ich fand ihn skalpirt und bereits bewußtlos. Seine Hand umkrampfte einen Fetzen Zeitungspapier. Darauf stand ein Bleistiftsgekritzel, dem das Handgezuck der Todesqual anzusehen war. Das erste Wort in unleserlich verzerrten Runen schien mir ein Name, etwa Johannes, Joachim oder Jonathan.

Listo (steht rasch auf).

Land. Die folgenden glaub' ich richtig entziffert zu haben als bedeutend: Sage ja — bin unschuldig — schwör' es sterbend. — Nun höre, was ich mittheilen darf. Einen Kriegskameraden und Lebensretter meines Vaters hatten seltsam verkettete Zufälle hinein getäuscht in den Wahn, die Tochter seiner Frau sei das Kind des treulosen Freundes. Wo möglich anhalten um diese Tochter soll ich; wenigstens aber, wenn sie mir durchaus nicht passe, eidlich versichern, daß mein Vater sie mir zugedacht und dadurch beweisen, daß sie nicht meine Schwester sei. — So! Damit laß meine verzweifelte Mission zwischen uns abgethan sein. An die Arbeit, um sie wenigstens einstweilen zu vergessen. Schicke meine Sachen in den rothen Gockel. Ab und zu bin ich wieder Dein Theegast zum Plaudern von unsern Abenteuern in Arkansas und am Yellowstone River. Guten Morgen. (Links hinten ab.)

Lisko (nachdem er eine Weile, auf sein Gewehr gestützt, die Linke an der Stirn, sinnend dagestanden, langgedehnt). Sollte . . . ? — — Würde manches erklären. Aber sieh, kommt da nicht die brunhildische Gerharda? Ja, sie ist es, — mit Fischkorb und Angelruthe. Fort von der Stätte meiner Niederlage. (Geht nach rechts.)

Vierter Auftritt.

Gerharde (rasch von links vorn; die ersten Worte noch hinter der Scene:) Halt, halt, Herr von Lisko!

Lisko (kehrt langsam in die Mitte zurück, zieht den Hut. Nach steifer Verbeugung, verlegen). Fräulein — Sie wünschen?

Gerh. Ihrer schwachherzigen Schmollkomödie ein Ende zu machen. Müssen Sie vor mir ausreißen wie vor dem gelben Fieber? Warum denn? Weil ich ehrlich bekannt, zu Ihrer Frau nichts zu taugen?

Lisko. Begrabene Wünsche sollen nicht auferstehn. Ich hüte mich vor dem Rückfall in's Herzensfieber

Gerh. Wertherei! Sentimentale Romantik! Ueberlassen Sie doch den Weichlingen und Narren die sogenannte unglückliche Liebe. Ein so gesunder Mann sucht sich 'ne Andere, wenn er bei der Unrechten angeklopft hat. Bin bereit (schelmisch) — vielleicht sogar schon in der Lage, Ihnen dabei behülflich zu sein.

Lisko. Sehr großmüthig.

Gerh. Muß denn mit dem Freien auch die gute Nachbarschaft aufhören?

Lisko. In der Regel.

Gerh. Regel, Regel! Sein Sie mal kein Regelmensch, dreizehn auf's Dutzend. Wenn Sie sich

noch nicht aufschwingen können zu der Dankbar=
keit, die Sie mir schulden . . . .

Listo. Gar Dankbarkeit! Das ist neu. Wofür?

Gerh. Dafür, daß ich weiß, auch geliebt, nur als **beherrschte** Frau glücklich sein zu können. Dafür, daß ich uns zwei bewahrt habe vor meinem Pantoffelregiment in Ihrem Hause. **Mich dürfen Sie nicht lieben**, weil Sie sehr bald aufhören würden es zu thun, wenn Sie mich zur Frau hätten und ich mir dann selbst unleidlich wäre. Wenn Sie sich dagegen noch verstocken, so lassen Sie mein auch aus Nächstenliebe geflochtenes Körb= chen wenigstens nicht meinen Vater entgelten. Was kann er für meinen Eigensinn? Sie fehlen ihm sehr, auf der Jagd, am Schachbrett, beim Rüdes= heimer. Ehrlich gestanden, auch mir zum Drei= Whist bei schlechtem Wetter.

Listo. Danke verbindlichst. (Mißtrauisch und an= züglich:) Ich kann wohl sonst noch dienen?

Gerh. O ja. Der neue Ingenieur wohnt ja wohl bei Ihnen?

Listo. Eben umgezogen in den rothen Gockel.

Gerh. Aber Sie sind ihm befreundet?

Listo. Während meiner Fahrten durch die Ver=

einigten Staaten war er monatelang mein Jagd=
genoffe.

Gerh. So wird er Sie gewiß noch öfters be=
fuchen?

Lisko. Wahrscheinlich; er ist aber unbestechlich
in seinem Beruf.

Gerh. Ein Amerikaner?

Lisko. Aus rein deutschem Blut.

Gerh. Meines Vaters Leben steht auf dem
Spiel. Unterliegt er im Widerstand gegen den
Bahnbau, den er Mord seines Erbguts nennt, und
rührt ihn der Schlag nicht auf der Stelle, so ver=
kauft er, und überlebt das kein halbes Jahr. Aber
nicht grundlos ist noch schlimmere Befürchtung.
Ein Gesetz zur Enteignung uralten Besitzes dünkt
ihm ruchlos. Wie, wenn er vorzöge, als Märtyrer
zu fallen bei gewaltsamer Vertheidigung seines
Rechts?

Lisko. Zuzutrauen wär' es ihm.

Gerh. Es wetterleuchtet schon durch seine Ge=
danken. Helfen Sie, den Donnersturm noch be=
schwören.

Lisko. Aber wie?

2*

Gerh. Besuchen Sie meinen Vater; zuerst allein und sogleich. Nehmen Sie sich beim Schach zusammen zu tapferer Gegenwehr, damit es ihm schwer wird und desto mehr Freude macht, Sie wie gewöhnlich zu schlagen. Das versetzt ihn in seine beste Stimmung. Dann bitten Sie um Erlaubniß, den amerikanischen Freund einzuführen, — nur ja nicht als den neuen Ingenieur für die verhaßte Eisenbahn. Ich setze Hoffnung auf seine Bekanntschaft mit Papa; ein wenig auch auf die mit mir, — vorausgesetzt, daß Sie mich nicht allzuschwarz anstreichen.

Lisko. Bei dem nützt kein Lob, schadet kein Tadel. Selbst sehn, scharf, durch und durch, ist seine Loosung. Ihren Wunsch will ich erfüllen; aber es wird nichts helfen. Fünf Minuten nach der ersten Begrüßung werden Sie selbst davon überzeugt sein. — Suchen Sie ihn auf, während ich bei Ihrem Vater vorspreche. Sie finden ihn, vermuthlich Gestein klopfend, auf dem Fuchsbühl. Aber legen Sie jedenfalls Fischkorb und Angelruthe bei Seite. Sie hätten es von vorn herein mit ihm verdorben, wenn ihm ein naheliegender Gleichniß=Verdacht aufstiege. Ich nehme beides nach dem

Schloß mit. Geben Sie her. (Will ihr beides abnehmen.)

Gerh. (wehrt es ihm energisch:) Nicht doch! Wieder falsche Rechnung. Will mich dem Bach entlang unvermerkt anfischen. (Im Abgehen sich nochmals zurückwendend mit drohendem Finger:) Nur nicht aus der Schule geschwatzt! (Links hinten ab.)

Lisko. Am Ende hat sie doch recht. Bei der schneidigen Brunhilde wäre nichts von mir übrig geblieben, als — der Mann meiner Frau. (Rechts ab.)

Fünfter Auftritt.

Dr. Fritz Mipf und Kommissionsrath Gunzenbacher.

Mipf. Herr Kommissionsrath, Sie haben sich eben selbst überzeugt, daß der Eisenstein jahrelang mit Tagbau nur zu nehmen ist. Die Scheideanstalt hat Ihnen meine Analyse auf's Haar bestätigt: 70 Procent Eisen, 6 Mangan. Das ist in der Welt nicht wieder zu finden. Dabei steigt der Bedarf nach Bessemer=Stahl in riesigen Dimensionen. Endlich ist Ihnen vor allen andern Hüttenbesitzern ein unermeßlicher Vorsprung gesichert durch mein patentirtes Verfahren zur absoluten Entphosphorifirung des Manganhyperoxibuls mittelst der Combination von Thiophënpiperibin und Pentamethylenbiamibin . . .

Gunzenb. Doctor, mit dem chemischen Wischiwaschi von Bandwurmwörtern verschonen Sie mich. Ich gebe zu, das Geschäft wäre gut, wenn beim Baron mit vernünftigem Gebot anzukommen wäre. Aber bei dem rappelt's. Ich wenigstens will nichts mehr mit ihm zu thun haben.

Mipf. Ich werd' ihn schon herumkriegen.

Gunzenb. Sie wissen noch nicht, wie er mich abfahren ließ, als ich ihm zwei Schock seiner Eichen zum Versandt nach Holland abkaufen wollte. Unter denen ging' er selbst gern spazieren, sagte er, und seine Tochter brauchte sie zum Abzeichnen. Bis 75 Mark pro Stamm bot ich — macht 9000. Was war seine Antwort? „Wo sollen hernach meine Krähen ihre Nester bauen?" Hundert Doppelkronen hab' ich ihm als Angeld auf den Tisch gezählt. Hübsch Sümmchen, Herr Baron, sagte ich, und etliche sind schon zopftrocken. Nehmen Sie an; — wer weiß, ob Sie nicht nächstens für halb so viel den ganzen Wald verkaufen müssen. Da ist er aufgesprungen,

kirschroth wie'n angepfiffener Truthahn. „Streich
Er ein", hat er gekollert, „sonst lass' ich Ihn
hinaus schmeißen und seinen Bettel hinterdrein".
Einen richtigen Stutz hat er.

Mipf. Herr Kommissionsrath . . . .

Gunzenb. Aergern Sie mich nicht mit dem
Titel, dem kümmerlichen Wundpflaster auf meine
fünfstellige Unterschrift zum Nationaldenkmal, für
die Sie mir den Kommerzienrath vorgespiegelt hatten.

Mipf. Der kommt bei der nächsten Conjunctur.
Zweierlei nämlich darf man niemals versäumen.
Man muß erstens Conjunctur abwarten, zweitens
sich aalglatt zu schmiegen und fügen verstehn in
die Launen der Leute, zumal in die aristokratischen
Nicken solcher Landjunker wie der Baron. Da
gilt es, ihren vorsündfluthlichen Zopf mit Sammet-
pfötchen zu streicheln, ihrem Dünkel zu huldigen
mit unterthänigen Flabusen. — Jetzt erst ist die
Conjunctur wirklich da, auf welche Sie voreilig
angespielt haben. Die Eisenbahn wird gebaut,
mitten durch seinen Hochwald und durch sein
ganzes Gut. Ich weiß bestimmt, daß er nicht
bleibt, wenn man ihm das Terrain expropriirt.
Er muß also verkaufen; da wird Ihr Geld ihn

schon anlachen. Nicht nur das Gelände zum Bergwerk, auch die Eichen schaff' ich zu civilem Preise. Der Baron ist ein großer Nimrod. Erst stimm' ich ihn willig mit dem weislich mitgebrachten Repetirstutzen. Den offerir' ich ihm für ein Viertel des Fabrikpreises; da wird er schon zugreifen. Mit ausgesuchtester Höflichkeit biet' ich meine ganze gesellschaftliche Bildung auf, ihm Honig in die Ohren zu streichen. Zum Schluß erst rück' ich heraus mit dem siegreich entscheidenden Conjunctur-Drucker. Jetzt lassen Sie mich wissen, wie weit ich bieten darf.

Gunzenb. Kommen Sie, im Wirthshause calculiren wir das Höchstgebot.

Mipf. Nebst meiner Prämie.

Gunzenb. Die, mein Herr Doctor, wohlgemerkt nur für den Fall, daß Ihre zuversichtliche Diplomatie nicht auch den Kürzeren zieht gegen des Barons Zärtlichkeit für seine Krähen. (Beide ab.)

Sechster Auftritt.

Landolin (das ausgezogene Fernrohr in der Hand, von links hinten). In den Altmanns-Schacht laß' ich morgen die Strickleiter einhängen. Die Tropfsteingrotte muß ich ohnehin unterfuchen. Als ich eben hinein klettern wollte kam das Fräulein in Sicht. Drinnen hätte sie mich unausweichlich abgefangen. (Sieht durch das Fernrohr hinaus in der Richtung, aus der er gekommen.) Richtig! Seit ich querfeldein ausgewichen, angelt sie rückwärts und bachauf. Wird bald hier fein. (Legt Fernglas und Stock auf den Stein vorn rechts.) — Wie doch diefe altklugen Europäer defto durchfichtiger find, je fchlauer Verftectens zu fpielen fie fich einbilden! Und fo leicht um den Finger zu wickeln! Sogar diefer Lisko, der doch fchon die Gefahrfchule der Wildniß durchmachte. Er glaubt auf den erften Wink, was ich will, daß er glaube! Ich fei zufällig auf die richtige Fährte geftoßen und wiffe noch gar nicht, daß ich den Gefuchten auch gefunden. — Jetzt, — erfte Vorprobe, ob ich daran denken darf, als gehorfamer Sohn aufzu= treten. — Ausfehn — einnehmend; — Einfehn — vorerft nicht gerade ausnehmend. (Legt die Geräthtafche als Kopfkiffen zurecht, ftreckt fich auf dem Stein vorn rechts lang aus, den Kopf in die Hand ftützend.) Da kommt fie — fcheinangelt noch weiter.

Siebenter Auftritt.

Gerh. (erst, wann sie unter Scheinwürfen am Bach im Hintergrunde rechts angekommen ist). Ich geb' es auf. Heute will keiner anbeißen.

Land. Ich auch nicht.

Gerh. (nachdem sie, ohne Seitenblick auf Landolin vorn links angekommen). Er ist mir ausgewichen. So muß ich es diesmal wohl auch thun. (Will abgehn.)

Land. (kichert vernehmlich.)

Gerh. Jemand hier?

Land. Als ob Sie das nicht längst wüßten! Bleiben Sie doch ohne Komödie, da Sie mich sprechen wollen.

Gerh. Wer . . .

Land. Wer mir das gesagt hat? Lisko und Sie selbst. Zwar nur optisch=telegraphisch, aber durch mein gutes Glas dermaßen deutlich, daß ich oben auf dem Fuchsbühl auch den Text zur Pantomime leicht errathen konnte. Was hier am Brunhildenstein Freund Lisko einst sehr ungern entgegennahm, das wollte er Ihnen heute eifrig entreißen: Korb nebst Zepter. Nachher wurden Sie, seiner Warnung uneingedenk, noch deutlicher.

Gerh. (starrt ihn betreten an). Ich? Woburch?

Land. Sie fragen auch noch? Vom wimmelnd vollen Bach kommen Sie mit leerem Korbe, weil Sie nichts fangen wollten — wenigstens keinen Fisch.

Gerh. (für sich). Unheimlicher Grobian! Steht nicht einmal auf. (Laut.) Mein Herr, der Beifall, den ich Ihrem Scharfsinn etwa zollen dürfte, verstummt vor Ihrer mir ungewohnten Tonart. So will ich Sie nicht länger stören im etwas — amerikanischen Komfort Ihrer harten Lage. (Wendung zum Gehn.)

Land. (für sich). Nicht übel. Temperament ist vorhanden. (Laut.) Bleiben Sie, Fräulein. (Da Gerh. dennoch Miene macht, zu gehn, springt er auf und hält sie fest.)

Gerh. Herr — Sie sind hier nicht im Hinterwalde.

Land. Gerad' aus ist meine Loosung. Ich weiß, was Sie von mir wollen. Möglicherweise geschieht es, wenn auch keinenfalls Ihretwegen. Aber es paßt mir, daß Sie es wünschen. Denn ich will auch was von Ihnen.

Gerh. Nämlich?

Land. Unter Umständen mehr als Sie vermuthen. Vorläufig nur Einführung bei Ihrem Vater.

Gerh. Darin begegnen sich unsere Wünsche. Darf ich fragen nach Ihrer Absicht

Land. Ich will ihn bekehren.

Gerh. Sie — meinen Vater? Sie kennen ihn nicht.

Land. Eben darum will ich ihn kennen lernen. Dann gelingt's auch.

Gerh. Eher noch ließe er sich einen Arm abhacken, als versöhnen mit der Eisenbahn durch sein Gut.

Land. Richtig wollen ist auch können. Werd' ihm diese Schrulle schon austreiben, und nicht nur diese.

Gerh. Sondern?

Land. Auch noch andere, schlimmere. (In markirt milderem Ton.) Fräulein Gerharde, schauen Sie mir mal fest in die Augen.

(Pause.)

Gerh. Sie sehn, ich kann's — Aber was soll's? Was mustern Sie mich vom Scheitel bis zur Fußspitze mit Ihren zwei Seelenbohrern? Sind wohl gewohnt, damit zu verschüchtern zu schämigem Niederschlag der Augenlider? Bei mir verschlägt's nicht.

Land. Merk' es mit Vergnügen. Aber nun, Fräulein Gerharde, eine Frage: Hat Ihr Vater Sie lieb? — Sie schweigen — Sie sind erschrocken.

Gerh. (scharf und eisig). Nein, Herr! Aber ich begreife, daß I h n e n — S ch r e ck dünkt, was nichts Anderes ist, als Uebermaß des Staunens über den weiten Abgrund zwischen deutscher und amerikanischer Sitte. Zwei Minuten nach der ersten Begegnung wagen Sie sich aufzudrängen als Familienvertrauter. Hierzulande ist Niemand so u n g l a u b l i ch a n m a ß e n d.

Land. Zorn steht Ihnen sehr, sehr gut. Desto schlechter gelingt es Ihnen zu h e u ch e l n, was Ihrer kerngesunden Natur völlig fremd ist.

Gerh. Ich, heucheln? Was?

Land. F e i g h e i t, indem Sie thun, als wollten Sie fortlaufen, während Sie schon spüren, daß ich verfüge über ein Zauberwort, Sie wie angewurzelt festzuhalten.

Gerh. Eingebildeter Magier! Zur Beschämung Ihrer Ohnmacht sei Ihnen die Frist noch gewährt, das vermeintliche Zauberwort — in den Wind zu sprechen.

Land. (langsam, nachdrucksvoll, aber innigst). Armes, armes K i n d! — — Sie zucken zusammen — getroffen im Herzensnerven. — Ja, Sie wissen, daß von Ihrem T o c h t e r g l ü c k ein Gespenst den besten Theil wegfrißt. Aber Sie kennen es nicht. — Ich selbst will antworten auf meine Frage: Ihr Vater liebt Sie, liebt Sie zärtlich. Aber er schilt sich thöricht, weil er seine Liebe weder unterdrücken, noch ganz verbergen kann.

Gerh. (entsetzt und explodirend). Dämon!

Land. Jenen, der die Dämonen austrieb und die Besessenen heilte, nannte man anders. W i e?

Gerh. Sie wissen es — ich weiß es auch. Wozu es aussprechen?

Land. Wie?

Gerh. Ich lasse mir das Wort nicht abfoltern.

Land. Irrthum! Sie hörten eben, daß ich unter Umständen mehr, viel mehr von Ihnen wolle, als Sie vermuthen. Diese Umstände sind inzwischen f a s t vollzählig eingetreten. Nur die oberste Be=

dingung ist noch unerfüllt. Ich will Ihnen einen liebenden Vater in die Arme legen. (Sehr langsam und mit schärfster Betonung.) Was ich soll — um das zu können — das muß ich dürfen. Ich werde voll überzeugt sein, daß ich es darf, sobald ich Eines noch erfahre.

Gerh. Und das wäre?

Land. Daß ich Sie im entscheidendsten Augenblick Ihres Lebens gehorsam finde dem Bibelspruch: Er soll Dein Herr sein. Wie nannte man jenen Wunderthäter? Zum dritten und letzten Male frage ich: Wie?

Gerh. (widerstrebend und ächzend). Heiland.

Land. Das starke, gesunde Mädchen, das ich bezwungen, wird eine Weile fortfahren, mich Dämon zu schelten. Die tapfere Tochter nennt mich binnen zwei Tagen ihren Heiland.

(Indem er sich zum Abgehn wendet, fällt der Vorhang.)

Zweiter Aufzug.

Zimmer im Schloß Thoruhns, behaglich aber prunklos. Altväterische Sessel und Stühle. In der Mitte unbedeckter massiver Eichentisch. An den Wänden Rehgehörn, Hirschgeweihe, ausgestopfte Auer- und Birkhähne. Hinten rechts Schrank mit Gewehren und Jagdgeräth, links altmodischer, aber zierlicher Spinnrocken. Vorn rechts lederbezogener Sessel mit Arm- und hoher Rückenlehne, links altdeutscher Nähtisch.

Erster Auftritt.

Gerharde (von links mit zwei Ellen langem Jagdstrumpf, in dessen Spitze noch die Stricknadeln stecken, und einem ebensolchen fertigen. Letzteren hängt sie so über den Nähtisch, daß er nach rechts nicht sichtbar ist. Setzt sich und strickt einige Augenblicke schweigend). Von Papa's spröden Lippen soll mir doch noch ein Körnchen Lob abfallen, eh' Lisko den Dämon bringt. — — — Unglaublich — und doch geschehn! — Schweigen wollen — und sagen zu müssen, was wie Feuer in der Kehle brannte! — Ein fürchterlicher Tyrann. — Keine verbindliche

Redensart, keine süße Floskel, wie früher von Lisko. — Er schien mich nicht einmal hübsch zu finden. — Gesundes, starkes Mädchen — das war Alles! — Schmeckte mir aber besser als die Zuckerpletzchen. — Mir darf ich es ja eingestehen. Ihm — (mit dem Fuß aufstampfend, heftig) — nie — nie! — Na, na — Sagen wir lieber, noch lange nicht. Wenn er sich bewährt als Gespenster=banner ... Aber still, da kommt Papa.

Zweiter Auftritt.

Thornhu (von rechts, aus halblanger Pfeife mit großem Meerschaumkopf rauchend, ein Buch in der Hand). Sage doch, Gerharde, warum hat sich Hetty, Deine amerikanische Freundin, so lange nicht sehen lassen?

Gerh. Seltsam! Wie kommst Du darauf gerade heute?

Thornhu. Zufällig. In diesem Buch ist nebenbei die Rede von der abscheulichen Musik der Chinesen und ihren wunderlichen Instrumenten, auch von einer Art Harfe. Das erinnerte mich, wie hübsch Hetty auf der alten Harfe meiner seligen Mutter zu spielen verstand.

Gerh. Vor zwei Stunden hab ich den Wagen nach ihr geschickt. Diesmal, wett' ich, wird sie kein Hinderniß vorschützen.

Thoruhn. Diesmal? Du sagst das so bedeutsam. Was steckt dahinter?

Gerh. Hast Du nicht gemerkt, daß Lisko ihr willkommen gewesen wäre? Daß bei dem ich ihr nicht im Wege stehe, weiß sie längst; jetzt auch, daß die nachbarliche Kamerabschaft wieder angeknüpft ist und sie ihn heute hier treffen wird.

Thoruhn. Mir wäre der niedliche Kobold schon recht als Frau Nachbarin.

Gerh. Lisko's nur halb ironisches Schmunzeln bei leisem Vorwink meinerseits war nicht ohne Verheißung. Vielleicht lesen wir bald im Kreisblatt: Verlobte: Heinrich von Lisko und Hetty Witting

Thoruhn. Nenne sie nur Hetty; — der andere Name hat für mich übeln Anklang.

Gerh. Warum denn?

Thoruhn (rauh) Das geht Dich gar nichts an. (Bei Seite.) Leider nur allzuviel. (Laut.) Nun laß mich ungestört lesen und stricke weiter.

Gerh. (nachdem sie noch etliche Maschen gestrickt). So! Das Paar ist fertig. (Zieht die Nadeln aus, legt sie mit dem Knäuelrest in eine Schieblade; hängt den Strumpf zum andern). Ob ich dafür einen herzhaften Kuß ernte?

Thoruhn (Pfeife und Buch fortlegend). Trostlos! Haarsträubend!

Gerh. Was, Vater?

Thoruhn. Was da nach dem Bericht eines zuverlässigen Botanikers von China zu lesen steht.

Gerh. Grausamkeiten?

Thoruhn. Gegen die Natur. In einem Landstrich, wohl fünfmal so groß als unser Herzogthum, hat er auch nicht eine wildwachsende Pflanze mehr entdeckt. Alles zahm, nur Küchenkraut und Viehfutter. Kein Fleckchen frei, wo eine ehrliche Brennessel für sich selbst wachsen könnte. Daher denn auch lauter vorschriftsmäßige Menschen; Münzengesichter, dutzendweise ununterscheidbar. Begreiflich! Jeder Bissen Speise hat schon hundertmal seinen Kreislauf durchgemacht. Dungstatt — Acker — Krippe — Schlachthaus — Bratenschüssel — und mit Grazie von vorn. — Wir sind bald eben soweit; denn (tief auf-

seufzend), denn der Fortschritt ist rapid. — Da hab'
ich mir aus der Abendpost einen Vers ausge=
schnitten; der trifft's. (Zieht ein Blättchen aus der
Tasche und liest:)
> Bald ziehn wir chemisch ohne Kuh
> Milch, Butter aus der Wiese.
> Brot, Fleisch aus Stein= und Sägemehl
> Und sind im Paradiese.

> Dann dürfen wir kaninchenhaft
> Uns tausendfach vermehren
> Und ohne Krieg und Hungerneid
> Den Erdball selbst verzehren.

Köstlich vollends ist die Endspitze:
> „Auch unser Fortschritt ist rapid
> Und kaum noch zu ermessen"
> Die — Made rief, als ihr Geschlecht
> Den Käse fast gefressen.

Gerh. Spaßige Schnurre!

Thoruhn. Vielmehr grimmiger Ernst. Laß uns noch fünfzig Jahre weiter verEdisont werden — und wie der Botaniker in China nichts, als bunggepäppeltes Gemüse, so findet der Forscher bei uns nur noch städtische Asphaltschleicher und Maschinenmenschen.

Makaun (durch die Mitte; bleibt beobachtend in der Thür stehen).

Gerh. Hier, Papa, ein Beruhigungströpfchen. An diesen Jagdstrümpfen ist nichts Maschinenwerk. Jedes Flöckchen Wolle von mir eigenhändig Deinen Merinos abgeschoren, von mir selbst gekämmelt, gesponnen, geweift, gezwirnt, gestrickt.

Thoruhn. Danke, danke schön. Fein ausgedacht — rührende Aufmerksamkeit (Indem er sich abwendet um die Strümpfe über die Lehne seines Sessels zu hängen, wischt er sich mit einem über die Augen. Bei Seite.) Ans Herz reißen möcht' ich sie! Das arme, liebe Geschöpf kann doch eigentlich nichts dafür . . . (Laut.) Ja, Du bist noch ein ganz passables Frauenzimmer, keine Teppichschlurre, keine Stadtpuppe, rückenmärkisch vom Klaviergeklimper, das Hinkelhirnchen aus Romanen zum Ueberschnappen voll von verrückten Ansprüchen.

Gerh. Vertrage sie in Gesundheit.

Thoruhn. In Gesundheit? Das wird schwer halten. Bin täglich in Gefahr, mir das Gallenfieber anzuärgern. Trotz meiner fünfundfünfzig riss' ich noch aus über den Ocean, wenn . . .

Gerh. Wenn ich nicht wäre und der brummige Papa mich doch noch ein bischen lieb hätte.

Thoruhn. Meinst Du?

Gerh. Ja, das mein' ich, so grimmig Du dreinschaust und barsch redest, sobald Du mir eine Regung von Zärtlichkeit verrathen hast. Es ist doch nur Komödie. Drum besteh' ich auf noch anderen Dank. (Faßt den Widerstrebenden an beiden Händen, zieht ihn an sich und küßt ihn auf die Stirn.) Da! Das Schimmerstrählchen unwill= kürlichen Lächelns um Deine Lippen ist ehrlicher als das Brauengerunzel. Es beichtet Vaterliebe.

Thoruhn (hart und höhnisch). Vaterliebe? Nichts als dumme Gewohnheit und Mitleid. (Reißt sich los.) Fort, hübsche Hexe! Geh und sieh, daß Du end= lich unter die Haube kommst. Denn das sag' ich Dir, wenn sie mir den Fuchsbühl durch= tunneln, mein Erbe in zwei Fetzen zerschneiden und ich dabei nicht umgekommen bin — dann werb' ich doch noch Hinterwäldler.

Gerh. Ich mit.

Thoruhn. Jetzt packe Dich. (Wendet ihr den Rücken, kehrt zu seinem Sessel zurück und hält sich die Strümpfe messend neben die Beine; für sich.) Reichen fast bis an die Hüfte. — Geschoren, gekämmelt, gesponnen, geweift, gestrickt — Alles eigenhändig! Das arme Ding. Aber warum hat sie Gesicht und Augen der Falschen.

Gerh. (für sich). Der Dämon hat recht. (Links ab.)

Dritter Auftritt.

Makaun (macht seine Gegenwart hörbar).

Thoruhn. Du hier, Makaun? Was willst Du? — Antworten! Was starrst Du mich so kalbsäugig an? — Na — ist Dir die Gurgel zugefroren?

Makaun. Ehnder beim Aufthauen zugeschnürt, Freiherrliche Gnaden. Muß mich vergriffen haben an einer der Bubbeln zu Gastproben. Der Rum zu meinem Morgen-Grog — mit Syrup angestrichener, infamigter Kartoffelfusel.

Thoruhn (knurrlacht). Geschieht Dir schon recht. — Merkst wohl kaum, daß Du ein sackgrober Kerl bist.

Makaun. Weiß es; weiß auch noch mehr.

Thoruhn. Laß hören.

Makaun. Daß Freiherrliche Gnaden mich längst zum Teufel gejagt hätten, wenn ich eine Nummer weniger grob wäre.

Thoruhn. Schon möglich.

Makaun. Und ich weiß noch mehr.

Thoruhn. Nämlich?

Makaun. Entweder ist elendes Geschwätz doch richtig, oder es ist hier (Finger an die Stirn) bei Freiherrlichen Gnaden unrichtig.

Thoruhn (auffahrend). Rand halten! Da hinter steck Deine Nase nimmer, wenn Dir Deine Stelle lieb ist.

Makaun. Lieb? Na — damit hält sich's! Liebe? (parobirend) Nichts als dumme Gewohnheit und Mitleid

Thoruhn. Kerl, bist Du toll? Du, Mitleid mit mir?

Makaun. Gegenseitig. — Freiherrliche Gnaden ließen mich zusammenflicken und auskuriren. Nach doppeltem Beinbruch taugt' ich doch nichts mehr zum Clown bei den Kunstreitern. Hatten an mir nun mal 'nen Narren gefressen und nahmen mich her. Das vergelt' ich, so gut es eben gehen will, beim Humpeln, als Hausmeister, als Kammerdiener und Factotum. Wo fändens' 'nen Andern nach Ihrem kuriosen Geschmack? Wer sonst hielt' es auch nur eine Woche bei Ihnen aus?

Wer sonst ließe sich's gefallen, daß man ihm seinen ehrlichen Namen so schauderhaft verfumfeit, wie Sie meinen schottischen Mac Gowan in das Hundegebell Ma=kaun, Ma=kaun? Aber Frei=herrliche Gnaden verstehn's nicht besser. So nehm' ich's hin. Alles pures Mitleid.

Thoruhn. Schon gut. Hast ja nicht ganz Unrecht. Gehörst wirklich halbwegs zu der Sorte, nach der ich unter Meinesgleichen vergebens schmachte: zu den Selbstmenschen. Doch das verstehst Du nicht. Ahnst vielleicht, was ich meine, wenn ich sage: sogar ein Teufelsbraten ist mir immer noch lieber als ein vorschriftsmäßiger Mensch nach dem Katechismus. Genug davon. Besorge jetzt das bewußte Probefrühstück; aber auf alle Fälle auch ein richtiges. Herr von Lisko bringt einen Gast; dem will ich auf den Zahn fühlen.

Makaun. Auch dem draußen schon Wartenden?

Thoruhn. Wartet einer?

Makaun. Hier seine Karte. Die vergaß ich über der mageren Abspeisung des gnädigen Fräuleins für die monatelange Liebesarbeit an den Jagdstrümpfen.

Thoruhn (drohend). Rand halten, Makaun!

Makaun. Auch meint' ich, der würde doch nicht vorgelassen.

Thoruhn. Gib her! (Liest.) Doctor Fritz Mipf — Mipf — Mipf? — Ein Name, um sich mit Maulgespitz einen Schnepfenschnabel anzupiepsen. (Liest.) Geolog und Chemicus bei Gunzenbacher und Lollenknot. — Gunzenbacher? — So hieß ja wohl . . .

Makaun. Der 'nausgeschmissene Schlemihl, der Ew. Gnaden den Eichwald abschwindeln wollte. Drum dacht' ich auch . . .

Thoruhn. Laß ihn ein. Bin just in rechter Temperatur für die Sorte. Bringe zum Probefrühstück auch den verholzten alten Schinken. Wie sieht er aus?

Makaun. Wie kann Einer aussehen, der in den Namen Fritz Mipf hineingewachsen ist? Natürlich semmelblond, langer Bleistift, Frack, — umgeschlagener Hemdkragen — draus reckt sich nackig ein Hals, wie 'ne kahl gerupfte Gänsegurgel. (Ab.)

Thoruhn (lehrt in seinen Sessel zurück). Nach dem Portrait kann's niedlich werden.

Vierter Auftritt.

Mipf (lehnt eintretend ein elegantes Jagdgewehr an einen Stuhl. Nach vielen unterthänigen Verbeugungen). Mein hochzuverehrender Herr Baron . . .

Thoruhn. Sehn mich zum ersten Mal. Von wo zum Henker wollen Sie die Verehrung her haben? Gerad' aus — oder rechtsum Kehrt!

Mipf. Wie Sie befehlen, Herr Baron.

Thoruhn. Hab' Ihnen vorläufig noch nichts zu befehlen. Bin der Freiherr Josua von Thoruhn. Mit dem Baron lassen Sie mich ungeschoren. Was haben Sie da wider den Stuhl gelehnt?

Mipf. Ein Jagdgewehr, gnädigster Herr. Unser großes Haus Lollenknot und Gunzenbacher . . .

Thoruhn. Sonst Waldausschlächter, so viel ich mich erinnere.

(Makaun deckt inzwischen den Tisch, setzt einen Schinken auf, Gläser und eine Flasche Wein; eine zweite stellt er neben den Gewehrschrank.)

Mipf. Unser Haus betreibt viele Branchen, gnädiger Herr. Metallurgie — Hochöfen — Bergbau — Beschäftigt auch die erste Waffenfabrik des Kontinents. Meine Herren Principale schätzen sich glücklich, dem Herrn Ba— Freiherrn von Thoruhn ein Exemplar ihrer absolut perfectionirten Repetir-Jagdbüchsen zu offeriren. Würden sich sehr flattirt fühlen, wenn Ew. Gnaden geruhen möchten . . . Hochdieselben dürften uns bald constatiren . . .

Thoruhn. Sie ewiger Conjunctivus! Würden — möchten — dürften! Und überflicken Sie mir nicht unser ehrliches Deutsch zur Harlekinsjacke mit wälschen Lappen. — Aber lassen Sie mal sehen. (Nimmt das Gewehr und beschaut es.) Saubere Arbeit, aber mir zu bunt verzierlicht.

Mipf. Fünf Schuß. Auf 200 Meter unfehlbar in der Hand eines Meisterschützen wie der Herr Ba— Freiherr.

Thoruhn. Was wissen Sie davon? Hab' öfter gepudelt als mir lieb war.

Mipf. Das hört auf mit dieser Wunderbüchse. Bleiben im Anschlag. Erste, zweite Spitzkugel mag fehl gehn — alle fünf gewiß nicht.

Thoruhn. Und meine Rehböcke? Sollen die unentrinnbar verurtheilt sein? Fehl' ich, so hat sich der Bock Lebensfrist verdient, ich mir meinen Aerger. — Wie theuer?

Mipf. Beispiellos wohlfeil. 50 Mark.

Thoruhn. Damascirter Lauf; beschnörkelt mit Silber und Gold. Muß ja mehr Arbeitslohn kosten.

Mipf. In der That, halb geschenkt . . .

Thoruhn. Nehme nichts geschenkt. Ist mir zu theuer. Mag keine Kugelspritze. — Was wollen Sie sonst noch? Wo steckt der Haken, auf den ich anbeißen soll? Wozu wollten Sie mich ködern mit der vertrackten Mordmaschine?

Mipf. Im Auftrag der Firma Gunzenbacher und Pollenknot hab' ich dem Herrn — Freiherrn ein glänzendes Geschäft zu proponiren.

Thoruhn. Brauchen Sie Wolle oder Weizen? Damit kann ich dienen.

Mipf. Das weniger . . .

Thoruhn. Womit sonst? — Aber warten Sie. Geschäfte mach' ich nur nach einem Imbiß und Vortrunk. — Makaun, einen Stuhl für den Herrn Doctor. Vorgeschnitten, seh ich, hast Du ja. Schenk ein.

Makaun (füllt das Glas für Mipf aus der bereit gestellten Flasche; das Thoruhns, nach geschickter, aber den Zuschauern bemerkbarer Vertauschung, aus der anderen).

Thoruhn. Nehmen Sie Platz.

Mipf. Außerordentlich gütig, Freiherrl. Gnaden.

Thoruhn. Keine Komplimente. Sie fasern mir noch auseinander bei Ihren tiefen Bücklingen. Niedersitzen — Zugreifen! Bärenschinken aus Norwegen.

Mipf (kaut eine Weile mit Anstrengung. Sein Mienenspiel Gemisch aus Wohlgeschmack heuchelnder Kennerschaft und rathloser Verzweiflung. Wischt sich den Mund, hält sich das Tellertuch vor, nimmt den Schinkenschnitt aus den Zähnen und practisirt ihn unter den Tisch. Dann bei Seite). Treibriemenleder!

Thoruhn. Pièce de résistance. Schmeckt's?

Mipf. Echt nordisch, delicat, deliciös, Freiherrliche Gnaden.

Thoruhn. Nun angestoßen. Schmollis funditus.

Mipf (hält sich, nachdem er ausgetrunken, mit der linken den Bauch, wischt sich wieder den Mund. Dann, hinter dem Tellertuch bei Seite). Als hätt' ich Kneifzangen geschluckt!

Thoruhn. Wie mundet Ihnen mein Rüdesheimer? Sechzehnhundertfünfundzwanziger aus dem Bremer Rathskeller.

Mipf. Firn, firn, Herr Ba— Freiherr, aber uredler, hochfeiner Tropfen.

Thoruhn. Ja, am Urtheil über den kenn' ich meinen Gast.

Mipf. Sehr schmeichelhaft.

Thoruhn. Nun Ihr Geschäft; aber kurz und bündig.

Mipf. Ostwärts vom sogenannten Fuchsbühl bricht manganhaltiger Eisenstein.

Thoruhn. Richtig

Mipf. Für das Ausbeutungsrecht von fünf Morgen Oberfläche und auf 50 Jahre sind die Herren Gunzenbacher und Lollenknot 100 000 Mark zu bieten durch mich in die Lage gekommen.

Thoruhn. Durch Sie?

Mipf. Durch mein Reichspatent auf absolute Entphosphorisirung des Manganhyperoxiduls mittelst der mir gelungenen Combination von Thiophēnpiperidïn und Pentamethylendiamidïn.

Thoruhn. Lassen Sie mich ungeschoren mit dem ohrenmarternden Kauderwälsch. Nein, sag' ich bündig. Lasse mir mein Ahnenerbe nicht übermaulwurfen mit Halden noch unterwühlen mit Stollen und Schachten. (Bei Seite.) Hab an dem einen alten übergenug.

Mipf. (Siegesgewiß.) Würden aber uns nicht hindern können, beim Oberbergamt Muthschein zu lösen und nöthigenfalls Expropriation auszuwirken. Ohnehin wird sicherm Vernehmen nach die Eisenbahn nun doch durch Ihre Herrschaft und den Hochwald gelegt. Weshalb ich denn zugleich Auftrag habe, das Gebot auf die Eichen zu wiederholen, — und h e u t e , Freiherrl. Gnaden, noch u n v e r k ü r z t , — aber n u r noch heute.

Thoruhn (aufgestanden). Herr Doctor Fritz Mipf, mein Geduldsfaden ist gerissen. Ein heuchlerischer Fuchsschwänzer, ein feiger Maulkoser sind Sie. Dieser Schinken einer Urgroßmutter=Wildsau ist in fünf Jahren fast versteinert. Statt den Bissen Mammuthgeknorpel mit ehrlichem Pfui Teufel! auszuspucken, taschenspielern Sie ihn hinter dem Tellertuch unter den Tisch, aber mir in's Gesicht lügen Sie delicat, deliciös. Sie winden sich vor Bauchgrimmen wie ein Ohrwurm, und rühmen den sauersten Krätzer einen hochedeln Tropfen. Und Sie unterstehn sich, mir mit Expropriation und Eisenbahn zu drohen? Sollt' ich mich beider nicht erwehren können: — Eines kann ich **noch** verhüten: Daß mir ein verfritzter und vermipfter

Zwirnsfaden im Frack, ein hammelhirniger Windbeutel und Lügenpfiffikus ohne Redlichkeit und Courage, ein windelweicher Waschlappen, ein verpipperidüntes Jammerexemplar der Maschinenzweibeine, mit seinem Anblick noch länger die Menschengestalt verekelt. — Hinaus mit ihm, Makaun.

Makaun (hat sich unterdeß die Aermel aufgestreift; drängt Mipf mit drohenden Gebärden hinaus).

Mipf. War mir sehr schmeichelhaft. (Das Gewehr aufraffend ab.)

Fünfter Auftritt.

Wann die beiden verschwunden, kommt Hetty von links herein gesprungen und wirft eine Rolle in Bastmatte auf den Tisch.

Hetty. Guten Morgen, Papa Josua.

Thoruhn. Sieh da, Spottvögelchen! Lange nicht gesehn — acht Wochen — recht trübseelige.

Hetty. Haben die Fröhlichkeit wohl selbst fort gebrummt.

Thoruhn. Zwitscher' mich lustig — hab' es nöthig.

Hetty. So verdienen Sie es. Hübsch artig sein; dann spiel' ich wieder Harfe, sing' auch ein Liebchen dazu. Jetzt betrachten Sie die Geschenke von Big Turtle.

Thoruhn. Kenne niemand, der so heißt.

Hetty. Bedeutet große Schildkröte. So nennt sich der Häuptling der Comanches-Indianer, mit dem drüben mein Bruder den Büffel jagt. Ich habe dem Adolf dies verwunschene Schloß nebst Insassen in meinen Briefen haarklein geschildert. Aus dem Wigwam Big Turtles datirt er sein Begleitschreiben zu dieser Sendung. Beschauen wir den Inhalt. Hier Nummer Eins: ein Paar Mocassins von Hirschhaut. Als Big Turtle vernommen, wie es den alten Häuptling Graubär daß verdrieße, maschinengenähte Fabrikstiefel zu tragen, ließ er diese von seiner Lieblings-Squaw anfertigen. Sind mit selbstgeschnitzter Nadel aus Bärenknochen und mit Zwirn aus gespaltenen Bibersehnen genäht; also idealisch passend zum Anziehen über Gerhards Jagdstrümpfe.

Thoruhn. Boshafter Kobold!

Hetty. Hier Nummer Zwei: ein Flitzbogen nebst Pfeilen. Wenn das alte Bleichgesicht im Feuer-Canoe über das große Wasser schwimmen und mit uns in der Wildniß trappern will — läßt Big Turtle sagen — dann muß er erst jagen lernen, wie der rothe Mann auf dem Kriegspfade,

wo nach Wild keine Büchse knallen darf So
lang' er nicht den Rehbock mit dem Steinpfeil
an's Lagerfeuer zu liefern versteht, soll er lieber
zu Hause bleiben. Und hier . . .

Thoruhn. Noch mehr, Fräulein Stichling?

Hetty. Hier Nummer Drei: eine Friedenspfeife.
Die soll das alte Blaßgesicht rauchen . . .

Thoruhn. Mit wem?

Hetty. Nachdenken! Big Turtles Geschenke ins
Kämmerlein mitnehmen und bei sich selbst zur
Beichte gehn. — Ich muß Jemand trösten wegen
erlittenen Undanks für lange Liebesarbeit. (Sprin=
gend links ab.)

Thoruhn. Die Spottdrossel will den Kuckuksruf
zum Schweigen bringen. O daß sie's vermöchte!
— Die Bescheerung da schaff' ich fort; sonst hän=
seln mich auch Lisko und sein Kamerad, der be=
rühmte Schachspieler. (Mit der Mattenrolle rechts ab.)

Sechster Auftritt.

Nachdem die Bühne etliche Sekunden leer geblieben, hört
man hinter der Scene den Schlag der Spottdrossel
nachgeahmt.

Hetty (kommt geräuschlos auf den Zehen von links
geschlichen). Bruder Landolins Zeichen.

Landolin (erscheint in der Mitte). Hier ahnt doch Niemand, daß wir Geschwister sind?

Hetty. Bewahre. Hier heißt mein Bruder Adolf, befindet sich zur Zeit auf der Büffeljagd mit Big Turtle; wie denn auch ich, nach Deiner Anordnung, auch hier nicht Hetty Wittich, sondern Witting heiße.

Landolin. Noch ein Wort. (Raunt ihr etwas ins Ohr.)

Hetty. Gut. Und Dein Stichwort?

Landolin. Fischfang. (Ab durch die Mitte. Hetty links ab.)

Siebenter Auftritt.

Von rechts hinten Makaun mit vielen Gläsern und sechs Flaschen; eine stellt er auf den Tisch, die Anderen neben den Gewehrschrank.

Makaun. Der neue Gast soll nur mit Getränk geaicht werden; nicht anfangen mit Schreckhorn=Schattenseite, sondern gleich mit unserer Nummer Drei, Mosel=Nebelberger. Nach dem befohlenen fünfstufigen Treppchen da (auf die bei Seite gestellten Flaschen zeigend), richtet sich unser Isegrimm darauf ein, ihn waschecht zu finden.

Achter Auftritt.

Landolin, Lisko durch die Mitte.

Makaun (die Thür vorn rechts öffnend). Freiherr=liche Gnaden, Ihre Gäste.

Thoruhn (eintretend). Willkommen, meine Herren.

Lisko. Mein Freund Landolin — Freiherr von Thoruhn.

Thoruhn (zu Landolin). Sie sollen ja ein starker Schachspieler sein. Wir können gleich anfangen. Makaun, Brett und Figuren.

Land. Dableiben! Spiele mit Niemand, eh' ich weiß, wie er mir gefällt.

Makaun (bei Seite). Zum Klotz der Keil.

Thoruhn (kurz auflachend). Haben im Grunde Recht. (Stellt sich breitbeinig vor Landolin hin.) Na, — wie gefall' ich Ihnen?

Land. Wird sich finden. Von Hörensagen schlecht. Sollen ja lächerliche Angst haben vor dem Pfiff der Locomotive.

Thoruhn. Angst just nicht. Meine nur, sie sei zwar ein flinkes Last= und Laufkameel, aber 'ne leibige Nachtigal.

Land. Verdorbener Geschmack. Sie pfeift das Triumphlied des eisernen Jahrhunderts. Werd' Ihnen den Kopf schon zurechtsetzen.

Thoruhn (für sich). Hanebüchen, — scheint aber ein Selbstmensch.

Land. Wie war's doch, Lisko, mit dem lahmen Indianer am Yellowstone River?

Lisko. Weil der Medicinmann ihm eingeredet, sein Fuß sei unheilbar, hockte er halb verhungert und fiebernd in seinem Wigwam, besessen von dem Wahn, nächstertage gehe die Welt unter. Landolin heilte seine Fußwunde und nahm ihn als Jagdgehülfen mit bis an die mexikanische Grenze. Jetzt ist er Häuptling bei den Comanches.

Land. So wähnt Mancher, das Menschengeschlecht sei sterbenskrank, weil er wund ist, und nicht am Fuß, sondern am Herzen. Heilt man die Wunde, so lacht er ebenso lustig über seine vorige Besessenheit, wie jetzt Big Turtle.

Thoruhn (für sich). Big Turtle — wittre was von Verschwörung. (Laut, streng:) Keinen Vorwitz nach kaum gemachter Bekanntschaft. Erst thun Sie mir Bescheid. Makaun, einschenken. Nehmen Sie Platz, meine Herren.

Während der Einschenk= und Abräume=Pausen Gebärden=
spiel und stumme Unterhaltung zwischen Landolin und
Lisko.

Landolin riecht und nippt; setzt das Glas ruhig hin
ohne eine Miene zu verziehen.

Thornuhn. Wie schmeckt's?

Land. Die Rheinländer sagen: Sauer macht lustig.

Thornuhn. Und was sagen Sie?

Land. Um bei dem Wein lustig zu werden, muß man noch alle vier Großeltern am Leben haben.

Lisko. Stimme bei.

Thornuhn (lacht). Ihr Freund hat Zunge. — Makaun, Andern. — Wie mundet der?

Land. (nach ordentlichem Schluck). Unschuldsvoll — und christlich.

Lisko. Wie das?

Land. Das kann ich gereimt sagen:
Als streckt man die Zunge zum Fenster hinaus,
Um zu kosten des Mondes Draufschein,
Und als christlich weist ihn noch deutlicher aus,
Mit der Zunge lesbar, sein — Taufschein.

Thoruhn. He, he, he! Bravo! Scheinen ein trinkbarer Mann. — Makaun, nächste Nummer. — — — Was sagen Sie zu dem?

Land. Nicht mehr aus dem Uhzkeller. Als Kutscher — leidlich, — als Herrentrunk — kläglich. Dünnes Moselchen.
Wo der Wein kein Maaß per Tonne
Geist enthält — laßt mich verschont sein!
Rheinwein ist geschmolz'ne Sonne,
Moselwein — gefror'ner Mondschein.

Thoruhn. Bin erstaunt. Kann man so viel Weinwitz in Amerika auflesen?

Land. Mühsam, kostspielig. Das ist denn auch eine von den vier Landplagen, derentwegen ich trotz Vielem, Vielem, das dort weit vernünftiger ist, als hier, von drüben ausgerissen bin, zurück in euer Alterthum.

Thoruhn. Lassen Sie hören, diese Landplagen sind?

Land. Man kann drüben weder kochen, noch essen, nur zusammenquirlen und schlingen, um sich Dyspepsie und stockige Zähne anzufüttern. Man kann drüben nicht trinken, nur saufen oder Abstinenz schwören. Mannesgetränk wird von

Staatswegen verpönt. Was ist die Folge? Heimlicher Suff aus der Apotheke. Aber sie wissen sich nicht anders zu helfen. Denn — ein Glas über den Durst, und der Yankee wirft die leeren Flaschen in die Spiegel, wo der Deutsche heimgeht, um sein Zöpfchen auszuschlafen.

Thoruhn. Und trotzdem will man auch uns nüchtern gängeln mit Trunkparagraphen!

Land. Wehe, wehe dem Volk, das mit Polizei erquacksalbern will, womit nur gesunde Sitte zu segnen vermag.

Thoruhn. Mir aus der Seele gesprochen. Ja, Sie sind ein gesunder Junge. Aber weiter.

Land. Man kann drüben Dollar zusammenscharren, aber nicht lustig sein. Sonntags muß man sich auf puritanisch hirnhungrig langweilen zur Ehre Gottes. Dazu, last not least, die vielfachen Millioneser, die mit der hundertsten Million nichts Gescheiteres anzufangen wissen, als zu angeln nach der tausendsten. — Aber genug davon. — Sie sehn, — sind bei mir an den Unrechten gerathen mit Ihrem Uhzkeller. Heraus jetzt mit Mannesgetränk zum Lustigsein, alter Griesgram!

Thoruhn. Sie sind ein Teufelskerl — aber — Selbstmensch. Makaun, eine Nummer überspringen. — Schenk' ein.

Land. (riecht, nickt). Blume! (Trinkt bedächtig, läßt ohne Mundöffnung einen langgezogenen Laut des Behagens hören.) Evoe Bacche! — Ja, bei Rüdesheimer werd' ich Heidenrühmer. Hinterhäuser Vierundachtziger Auslese, und von keinem Baptisten, — wenn auch von Jean Baptist Sturm. Stoß' an, Lisko! Schmollis funditus, altes Mammuth!

Thoruhn. Ein Grobian sind Sie, fangen aber an, mir zu gefallen. Sind Sie von Familie?

Land. Nach Ihrem Lexicon schwerlich. Hatte keine Amme. Meine Mutter, eine Bürgerliche, hat mich selbst genährt

Thoruhn. Was sind Sie eigentlich?

Land. Was Sie heißen, nicht sind, aber vielleicht noch werden können, wenn meine Kur anschlägt: das bin ich wirklich: Freiherr.

Thoruhn. Reich?

Land. Drüben ein Schlucker, der allenfalls zu leben hat; für Europa -- vermögend.

Thoruhn. Und noch Junggesell?

Land. Leider.

Thoruhn. Warum heirathen Sie nicht?

Land. Mußte meinem Vater versprechen, erst nachzusehn, ob es mir passe zu werben um ein gewisses Frauenzimmer — oder vielmehr um ein sehr ungewisses. Denn sowohl mein Versprechen, als ihren Namen hat er mitgenommen — in's Grab.

Thoruhn. Unhaltbare Versprechen binden nicht.

Land. Was verstehn Sie davon? Das Frauenzimmer krabbelt irgendwo lebendig in der Welt herum.

Thoruhn. Wie wollen Sie die Ungenannte entdecken?

Land. Muß ich das Ihnen auf die Nase binden?

Thoruhn. Will Ihnen vollends die Zunge lösen. Makaun — Römer — und von der obersten Nummer.

Land. (Wie vorhin, aber gesteigert.) Hm — hm — hm!

Lisko. Hm — hm — hm.

Makaun (hinter dem Tisch ebenfalls mittrinkend). Ueh — üh — üh!

Thoruhn. Ja, das glaub' ich!

Land. (zu Thoruhn). Sie sind doch nicht ganz ohne Verdienst. Steinberger Kabinet. — Zweiundsechziger aus dem herzoglichen Keller.

Thoruhn. Aufs Haar getroffen.

Gerharde, von links.

Land.:
Das ist Wein, das Herz zu wärmen!
Wann ich trinke, will ich schwärmen.
Nur auf deutschen Rebenhügeln
Wächst der Stoff zu Seelenflügeln.
Was ich wünsche, will ich hoffen
Und beglückt als eingetroffen
Wenigstens im Rausch gewahren
Süße Jugendwiederkehr,
Rheinwein her,
Rheinwein her aus heißen Jahren.

Gerharde (ist ihm verwundert und beifällig lauschend immer näher getreten). Sie, Sie sind's wirklich, der hier Verse vorträgt, und gar nicht übel?

Land. Nur näher, Fischerin ohne Anbiß. Haben heute vielleicht besseres Glück; denn im Ernstkeller hat Papa Griesgram Göttertropfen. — Makaun — randvolles Glas für das Fräulein.

Sie ist kein zimperliches Jüngferchen, das kaum ängstlich zu nippen wagt. Angestoßen auf Erfüllung meiner Prophezeiung; denn morgen ist der zweite Tag. Ausgetrunken bis auf die Nagelprobe.

Während Gerharde ohne Ziererei gehorcht, die Nagelprobe macht, dann Laudolins dargebotene Hand schüttelt, sagt:

Thoruhn (bei Seite). Ein Prachtexemplar! Ich wollte...

Laud. (zu Gerharde). Papa knurrt noch ein Bischen, aber das Gespenst ist im Auf- und Davonfliegen.

Thoruhn. War Ihr Vers denn schon zu Ende?

Laud. O nein, das alte, bekannte Lied hat noch mehrere Strophen. Eine soll das Fräulein noch mit anhören:

Rheinwein rollt in meinen Adern.
Kann ich mit der Welt noch hadern?
In die Brust strömt heitrer Friede
Und die Kehle drängt's zum Liede.
Mein sein, schönes Mädchen, mein sein
Mußt du dennoch. Aus dem Rheinwein

Seh' ich hold dein Antlitz winken,
Dich, dem süßen Sakrament
Immanent.
In mein Herz hinab zu **trinken.**

(Steht auf, nur zu Gerharde:) Verstanden? (Indem er sie bis an die Thür links geleitet, flüsternd) Sagen Sie der Hetty, jetzt sei es Zeit.

(Gerharde ab.)

Thorubn (forschend). Sie waren schon bekannt mit Gerharde?

Land. Ja, vom Brunhildenstein und vom verunglückten (sehr laut) **Fischfang.**

Harfenaccorde hinter der Scene links.

Still jetzt!
Hetty singt hinter der Scene nach kurzem Vorspiel die alsbald von Landolin zu recitirende erste Strophe
„Dein Stündchen Sitz am Lebensmahl ꝛc."

Listo. Eine wundersam zum Herzen gehende Stimme. Ich suche die Eignerin. (Links ab.)

Thorubn (schon sitzend). Ergreifend! — obwohl ich den Text kaum halb verstanden habe.

Land. Ich weiß ihn auswendig. Soll ich ihn vortragen?

Thoruhn nict; während des Folgenden streckt er die Beine breit aus, krallt die Hände um die Enden der Armlehnen, senkt das Kinn bis an die Brust, zieht die Brauen tief herunter und dreht die Pupillen hoch empor, als wolle er hinter die eigene Stirn schauen.

Land.

Dein Stündchen Sitz am Lebensmahl
Bestimmt der Wirth, nicht Deine Wahl.
So sorge denn der Erdengast,
Daß Er zu seinen Tagen paßt.
Auch unsre sind nicht tadellos;
Doch lerne Du, sie wundergroß
Zu sehn im Werk, das Du begrollst,
Und liebe, was Du lieben sollst

Thoruhn. Und liebe, was Du lieben sollst.

Land.

Verbiete Dir den kranken Wahn,
Die Welt gerath' in falsche Bahn,
Und blähe Dich nicht dünkelvoll,
Als wüßtest Du, wohin sie soll.
Bestimmt ist jeder große Schritt;
Anstatt zu hemmen, baue mit
Am Weg, auch wenn Du Kies nur harfst,
Und — liebe, was Du lieben darfst.

Thoruhn. Und liebe, was Du lieben darfst.
Land.
Nicht Deiner Väter Lebensart
Begehre von der Gegenwart.
Du fühltest, käme sie zurück,
Dich elend im geträumten Glück.
Bewundre fleißig und erfreut,
Wie jeder Tag die Welt erneut.
Mit säend, ernte Lebenslust,
Und — liebe, was Du lieben mußt.
Thoruhn. Und liebe, was Du lieben mußt.
Harfenspiel hinter der Scene. Hetty singt die letzte Strophe.
Land. Verstanden?
Thoruhn. Nur theilweise. Wiederholen!
Land.
Was Dir in's Loos die Norne spann
Von schwarzen Fäden, armer Mann,
Ist das Dir Leides nicht genug,
Daß Du Dich quälst mit Selbstbetrug?
Dir mit Gespenstern obendrein
Verschattetest den Sonnenschein,
Und blind Dein bestes Glück verwarfst,
Zu lieben, was Du lieben darfst?

Thoruhn. Und blind Dein bestes Glück verwarfst,
Zu lieben, was Du lieben darfst!
O wär' es nur Blindheit gewesen!
Land. (äußerst gebieterisch). Um das zu erfahren, wird sich der Freiherr Josua von Thoruhn morgen, Punkt zwölf Uhr Mittags, einfinden in der Tropfsteinhöhle!
Thoruhn (wild aufspringend). In der Tropfsteinhöhle? Unmöglich!
Land. Punkt zwölf. Sonst erfährt Gerharde, welcher Unsinn sie zwanzig Jahre betrogen hat um die Liebe ihres Vaters.
Thoruhn. Unmensch — von wem?
Land. Von mir, der ich weiß, wie schwer Sie sich versündigt haben an treuer Liebe und Freundschaft. Von mir, der ich Ihnen dort den Staar stechen und Ihr selbstverschuldetes Elend endigen werde.
Thoruhn. Ich komme, Dämon!

Der Vorhang fällt.

5

Dritter Aufzug.

Ehe der Vorhang aufgeht, hört man kurzes Harfenspiel; dann, zur Harfe gesungen, die letzte Strophe „Was Dir in's Loos die Norne spann" ꝛc.; so deutlich als möglich den Refrainvers „Und liebe, was Du lieben darfst".

Anderes Zimmer im Schloß Thoruhns

Erster Auftritt.

Hetty, neben der Harfe sitzend. Lisko, vor ihr stehend.

Lisko (wiederholend). Und liebe, was Du lieben darfst. — Fräulein Hetty — ich möchte diesen Refrain als bedeutsam auch für mich auslegen dürfen.

Hetty (aufstehend). Herr von Lisko, Sie bildeten sich ein, in Gerharde verliebt zu sein. Sie hatten das unverdiente Glück, meine Freundin klug genug zu finden für zwei. Sie waren auch so gesund, sich rasch zu trösten. Nun sticht Sie mein Bischen Gesang und — eine schnippische Antwort, mit mir anzubandeln. Und Sie haben wieder unverdientes Glück.

Lisko. Worin besteht es?

Hetty. Darin, daß Ihnen in meinen Schuhen zufällig ein deutsches Frauenzimmer von amerikanischem Wachsthum in den Weg gelaufen ist, deshalb Ihr Geflirt — vorläufig nicht ernst genommen wird.

Lisko. Vorläufig — das Wort läßt Hoffnung.

Hetty. Ein kleines, klimperkleines Fünkchen.

Lisko. Aus dem sich doch vielleicht ein Herbfeuer anblasen ließe.

Hetty. Sie müßten viel Brennstoff zuzulegen haben und zum Blasen über sehr kräftige Lungen verfügen.

Lisko. Was besagt Ihr Gleichniß in schlichter Prosa?

Hetty. Nicht etwa, daß Sie mir das Herz warm blasen könnten mit überschwenglichen Floskeln. Von denen gefriert es. Ich glaube an echte Liebe als Blüthe der Gewöhnung; ganz und gar nicht an ihren sogenannten Wunderblitz. Der angebliche Himmelsschein ist meistens ein Irrlicht. Es lockt nur hinein in schwammigen

Moorgrund, der kein Haus tragen kann. Denn euer Dichterspruch vom liebenden Paar, das Raum hat in engster Hütte, gehört in die Schäferkomödie. Ich denke amerikanisch. Ich bin ehrlich und anspruchsvoll. Heirathen will jedes Mädchen. Ich auch. Sogar mit Ihnen könnt' ich unter Umständen vorlieb nehmen

Lisko. Und die Bedingungen dieser ungemeinen Genügsamkeit?

Hetty. Erste Frage: Was könnten wir einander bieten? — Zweite: Was einander sein? — Fangen wir mit mir an. Ungefähr 30 000 Dollar bring' ich mit. Ist's nicht viel, so doch hierzulande annehmbare Beihülfe

Lisko. Das darf mir ziemlich gleichgültig sein.

Hetty. Ueberspannte Redensart. Ich denke darin vernünftiger. Habe mir Ihre Ländereien gründlich angesehen, und mit einigem Beifall. Schuldenfrei?

Lisko. Ganz.

Hetty. Gut. Aber weiter. Spinnen, weben, stricken, wie Gerharde, wäre nicht meine Sache. Selbst machen, was man billiger kauft, ist altväterisch. Kochen auch nicht, ob ich's gleich im

Nothfall könnte; aber schmecken und gute Küchen=
zettel schreiben. Magdsdienste thun — noch viel
weniger; aber kommandiren, daß Alles wie am
Schnürchen läuft, und im Hause — allein. Bin
ferner weder dumm noch unwissend. Versteh' ein
Lied zu singen und munter zu plaudern, wie Sie
schon wissen. Kurz, langweilen sollte sich mein
Zukünftiger niemals, auch nicht in zweisamer
Theestunde. — So biet' ich nicht schlecht.

Lisko. Und fordern?

Hetty. Meinen vollen Preis. Hier draußen
von Neujahr bis Sylvester zu landpomeränzeln
— da würde die lustige Hetty melancholisch ver=
sauern. Drei Wintermonate mindestens in der
Großstadt; Theater, Concerte, Vorlesungen; ein=
mal wöchentlich offenes Haus für feine, kluge,
berühmte Leute. Dazu müßten die Mittel des
problematischen Herrn Gemahls langen, dazu seine
Neigungen und Eigenschaften passen.

Lisko. Mit Freuden bewilligt, wenn das
ausreicht zum Einrücken in die Rolle des Proble=
matischen.

Hetty. Noch lange nicht. Das Wichtigste
kommt erst. Was der Problematische s e i n müßte.

Lisko. Nun, auf einen Grafen oder gar Prinzen wird sich die Amerikanerin doch schwerlich verspitzen.

Hetty. Nein, aber auf eine Excellenz ohne den Titel. Etwas mehr muß er sein, als Jäger, Landjunker, Ackerwirth. Stolz auf meinen Mann will ich sein. Seine Stimme soll schwer wiegen im Lande. Die leeren Sitze müssen sich füllen, Alle die Hände an die Ohren legen, Hört, hört! dazwischen rufen und am Schluß minutenlange Bravos, wenn er im Reichstag als Redner auftritt. Und ich, wenn ich von seinem Triumph in der Zeitung lese, ich muß mir sagen dürfen, daß mir, seiner Spornerin, die Hälfte zukommt von seinen Ehren.

Lisko (bewegt). Ich bin nicht so vermessen, zu verbürgen, daß alle Gaben dazu in mir schlafen. Das aber, Hetty, glauben Sie mir: jetzt schon wecken Sie in meiner Seele eine bisher stumme Zuversicht. Ja, Lisko, ja, ruft es in mir, viel mehr, viel Besseres, als Du bist, könntest Du werden, wenn Dein Ehrgeiz täglich wüchse durch solche Spornworte aus dem Munde der — (stockt) — Ich sag' es heraus! Denn recht wahr ist es erst in diesem Augenblick geworden — aus dem Munde der Geliebten.

Hetty. Hand her! (Schüttelt sie kräftig.) So gefallen Sie mir, Lisko. Das ist 'ne Mannes=Erklärung! Das Fünkchen wächst schon zum Flackerflämmchen. — Nun mögen Sie wissen, was Sie eigentlich längst gemerkt haben müßten. Wie die Motte ihre Seeligkeit sucht in der Kerzenflamme, wo sie mindestens flügellos wird, so warben Sie eifrig um den Verlust Ihrer Mannheit, um das Loos, auf zusammengelegtem Gut als Oberkämmerer zu bienen unter dem Pan=toffel Gerharda's. Damals schon dacht' ich: Schade, schade, daß er so blind ist. Ein Voll=mann könnt' er werden, wenn er wüßte, wen er lieben darf.

Lisko. Jetzt weiß ich's, jetzt glaub' ich's. Wagen Sie daran Ihr Leben?

Hetty. Ich sage nicht nein. Aber ich fordere eine Probe.

Lisko. Welche?

Hetty. Ein Pröbchen Ihres Gedächtnisses und Ihrer Rednergabe. Begleiten Sie mich in die

Tropfsteingrotte des Fuchsbühls. Unterwegs er=
fahren Sie, was unsere nächste Aufgabe ist.
(Arm in Arm ab.)

Zweiter Auftritt.

Gerh. (von links). Ein ganzer Mann ist er.
Aber mir graut vor ihm. Seine Gewalt auch
über den Vater streift an's Uebernatürliche. Wie
kann dieser Amerikaner Kunde haben von einem
Geheimniß, an dem ich seit Jahren vergebens
herumräthsele? — Da ist er.

Land. (von rechts). Ich komme Sie abholen zur
Einlösung meines Wortes; denn heut' ist der
zweite Tag seit unserer Begegnung am Brun=
hildenstein. Ihr Vater wird auch erscheinen.

Gerh. Wo?

Land. In der Tropfsteinhöhle.

Gerh. Wieder ein Räthsel. Nicht n e n n e n
hören mag er die Höhle, geschweige gar sie betreten.

Land. Er kommt Das Versprechen hab' ich
ihm abgezwungen. Weit, weit schwerer zu halten
ist, was ich ihm dafür gelobt Es hängt von
Ihnen ab.

Gerh. Reden Sie!

Land. Weil ich weiß, Ihr Vertrauen erst halb erworben zu haben, schwör' ich zuvor: binnen einer Stunde nennen Sie selbst heilige Pflicht, was ich jetzt fordere, aber nimmer zu fordern wagen würde ohne den Glauben, daß in Ihrer Brust das starke Herz einer Heldin schlägt.

Gerh. So nennen Sie das Heldenstück, das ich geloben soll.

Land. Erstens lebenslang unausgesprochen zu lassen, was Sie bald errathen werden. Zweitens: nach dem, was Ihnen etwa Geheimniß bleibt, niemals irgend Jemanden zu fragen; auch mich nicht, selbst (bedeutsam, mit durchklingender Zärtlichkeit) wenn Sie das Recht erlangen, sonst Alles zu wissen, was ich weiß.

Gerh. Immer neue Räthsel! Aber Sie fordern so feierlich — wieder muß ich gehorchen — und diesmal gern. — Ich schwör' es. Hier meine Hand darauf.

Land. Unserer härtesten Aufgabe sehe ich beruhigt entgegen. Jetzt eine Frage aus Eitelkeit.

Gerh. Sie — eitel?

Land. Wenn man mit dem Wunsch, zu gefallen, eitel wird, dann — haben Sie mir

diesen Fehler beigebracht. — Merklich mit dem=
selben behaftet, möcht' ich wissen, warum Sie ge=
stern fast beleidigend erstaunten, als Sie mich alt=
bekannte Verse annehmbar vortragen hörten.

Gerh. Weil mir Sinn für Poesie kaum ver=
träglich dünkte mit Ihrem Beruf, mit Ihrer Gabe,
Alles durch und durch zu schauen, mit Ihrer Ge=
wohnheit, so fest — ja, derb zuzugreifen.

Land. Allgemeiner Irrthum! Auch der Beruf
des Ingenieurs hat seine Poesie. — Der dem
Zug vorgespannte eiserne Drache mit zwei großen
Feueraugen schnaubt dort eben hervor aus der
Mündung des Tunnels. Auf den Zoll genau
vorberechnend habe Ich ihm mit den Diamant=
zähnen des Granitbohrers die Flugbahn gemeißelt
durch meilendickes Felsgebirge. — Ist mein Stolz
darauf ganz unpoetisch? — Dort, wo noch ich
selbst einen Haufen Gebeine verdursteter Auswan=
derer und ihrer Zugthiere bleichen sah, bremst der
Zug und hält in grün lachender Oase. Mit
artesischem Brunnen habe Ich die hingezaubert
inmitten der fürchterlichen Salzwüste. Ist da
meiner Arbeit nicht ein artiges Gedicht gelungen?
— Ein zum Zusammensetzen fertiges Holzhaus

wird abgeladen. Ein Ansiedlerpaar mit einem halben Dutzend rüstiger Söhne und rothbäckiger Mädel karrt es auf ein Loos schon verheißungsvollen Farmlandes. In meiner Zeichenmappe liegt das schmucke Dorf genau wie es nach fünf Jahren aussehn wird, die Häuschen umblüht von Gärten, umwallt von Weizenfluren, bewohnt von glücklichen Menschen, die weiland gedarbt und kein Stückchen Erde ihr eigen genannt. Muß mich nicht ein Hauch überkommen von der Schaffenslust des Poeten, wenn ich mir sagen darf, daß ich Hungrige speise, Elend in Segen verwandle?

Gerh. Ja — Sie sind auch warmherzig!

Land. Sie haben freilich Recht, mir keinen Sinn zuzutrauen für die berühmte „Märchenpracht der mondbeglänzten Zaubernacht", für die Romantik und ihr melancholisches Geschwärm. Arbeit und Mühe v e r g n ü g l i c h, die wirkliche Welt s ch ö n zu finden: — das ist meine poetische Ader, Freude am Leben mein kastalischer Quell. Aus dem hat sich der Ingenieur zuweilen sogar zu selbstgemachten Versen den Muth getrunken. Ergiebiger als jemals sprudelt er eben jetzt; denn meine Freude am Leben hat sich verdoppelt, seit ich Ihnen begegnet.

Gerh. Ein beglückendes Wort!

Land. Von Hetty vernahmen Sie schon einige meiner Gelegenheits-Verse. Von ihr und Lisko hören Sie demnächst deren mehr. Jetzt aber, bevor ich Ihnen den Arm reiche zum Gang nach der Tropfsteingrotte, ein kleines ganz kleines Pröbchen von meinen eigenen Lippen:

Komm, armes Kind! Erst werde reich
An lang entbehrtem Segen.
Den Vater kann ich herzensweich
In Deine Arme legen.
Nachdem an's Herz er Dir sich warf
Zu heißen Reueküssen,
Will Ich auch fragen, ob ich **darf**,
Was jetzt ich weiß zu müssen.

(Bietet ihr den Arm.)

Gerh. (mit ihm abgehend). Mein guter Genius führe. Ich folge wohin er will.

Verwandlungsvorhang fällt.

Verwandlung.

Mit Kerzen beleuchtete Tropfsteingrotte. In der Mitte mehrere zu Sitzen geeignete Sintergebilde. Links vorn der unregelmäßig gewölbte niedrige Eingang. Vorn rechts ein roh divanförmiges Steinlager. Die Tropfsteinwand des Hintergrundes hat zwei klafterbreite roh spitzbogige Oeffnungen, zu denen Naturstufen emporführen; die wenig über mannshohe rechts dient Lisko zum Auftreten im Zwischenspiel, die höhere in der Mitte eben so der Hetty. Durch diese blickt man in eine dunkle, nur durch matten Tagesschein von oben her beleuchtete Kluft, auf deren linker, unsichtbarer Seite das untere Ende des Altmannschachts vorgestellt ist. Aus demselben kann das unterste Stück einer Strickleiter in Sicht gezogen werden.

Dritter Auftritt.

Makaun und Ramshorn sind beschäftigt, noch einige Kerzen am Gestein zu befestigen und anzuzünden.

Makaun. Hell genug ist nun das verwunschene Heidenloch, drin vor der Sündfluth die Bären und Menschenfresser gehaust haben sollen. (Zieht seine dicke silberne Uhr.) Noch etliche Minuten bis zwölf. Nun komm mal her, Kamerad. Will Dich unter'm Scheitel glatt kämmen, alter Hasenwächter und Pulververschwörer.

Ramsh. Pulver ... Du hast gehorcht!

Makaun. Grob, aber ehrlich ist meine Loosung. Ehrlich also: Du gefällst mir — schon von wegen Deiner Käthe. Bist ein treuer Kerl. Gehst mit dem Alten unbesehn durch Dick und Dünn. Und nun grob. Daß Ihr im Nothfall den ganzen Krempel hier in die Luft sprengen wolltet, das war 'ne Tollhaus-Dummheit.

Ramsh. Meine Sache ist gehorchen.

Makaun. Aber nicht blind; und stockblind bist Du.

Ramsh. Wieso?

Makaun. Es ist wahr, — nach dem Bilde, das verbannt in der Thurmkammer hängt, mit dem Gesicht nach der Wand, ist das Fräulein der Mutter wie aus den Augen gerissen. Aber ihrer ganzen Art, wenn sie kommandiert; ihrem Blick, ihren Lippen, wenn sie ein süßliches Herrchen abblitzt, den Vater Thoruhn nicht anzumerken -- das ist 'ne Schande für den luchsäugigen Scharfschützen. So wurden Deine Augen mit= schuldig an dem heillosen Unsinn, den sich der Alte in den Kopf setzte.

Ramsh. Unsinn? (An den Lagerstein rechts tretend.) Hier lag sie ausgestreckt — hier kniete, über sie hingebeugt, der Wittich, als wir dort hereingeklettert kamen.

Malaun (indem er einige vor der Schachtöffnung los herum liegende Steine theils mit dem Fuß auf die Seite stößt, theils hinauswirft). Und mit diesen Steinen hat von oben unser Isegrim, die Uhr in der Hand, die Fallzeit gemessen und gegrübelt, ob es nicht doch möglich wäre, im engen Schacht an die fünfzig Fuß tief zu rutschen, und hier unten heil anzukommen.

Ramsh. Wie weißt Du das?

Malaun. Fiel mir einst beide Beine entzwei, bin aber nicht auf den Kopf gefallen. Immer wieder, seit er den ausgeflickten Clown zum Factotum genommen, hat er mich ausverhört, wie hoch, auf den Schuh genau, ich vom Trapez abgestürzt, ohne mir das Genick zu brechen. Wie für sein Geld die Pflasterstreicher mich, so hab' ich mir das und andres Redestückwerk allmälich zusammengeflickt. Und meinst Du, wenn er das Fräulein für ein rührendes Geschenk anschnauzt, aber hinter ihrem Rücken sich die Thränen auswischt mit den Jagd=

strümpfen — da läse der halblahme Spaßmacher nicht seine ganze Geschichte? Zum Glück geht es nun zu Ende mit der Besessenheit.

Ramsh. Gott geb es!

Makaun. Der dreifach gedrillte Ausbund von Mutterwitz und smartness, der amerikanische Ingenieur, weiß noch mehr, als wir, und versteht es, den alten Graubär nach seiner Pfeife tanzen zu lassen. — Doch still, sie kommen.

Vierter Auftritt.

Lisko, hinter ihm Hetty, steigen herein.

Lisko. Hinter jener steingewobenen Gardine können wir unsern Auspuß umthun. (Beide ab hinten rechts.)

Landolin, hinter ihm Gerharde.

Land. Lassen Sie sich nieder auf einem dieser von den Felsnymphen bereiteten Sitze. (Zu Makaun.) Sind Herr von Lisko und Begleiterin schon hier?

Makaun. Kleiden sich dort in ihren von uns mitgebrachten Mummenschanz.

Thoruhu (nachdem er dem Eingang entstiegen). Wie? — Auch Gerharde — sogar Makaun und Ramshorn sollen zugegen sein?

Land. Sie werden es dienlich finden. Bitte, nehmen Sie diesen Mittelsitz ein. (Nach hinten rufend.) Beginnt!

Fünfter Auftritt.

In der Mittelöffnung erscheint Hetty (in rothem Ueberwurf; trägt ein Diadem, dessen Zacken in Sterne auslaufen; wie Kronbügel darüber angebracht Winkelmaß und halb geöffneter Zirkel).

Mein Götteramt, Erfindung offenbaren,
Begann ich hier vor hunderttausend Jahren.
In dieser Kluft entfachten Hunger, Noth
Der Menschen-Bildung erstes Morgenroth.
Hier lehrt' ich schon den Laller Feuer zünden,
Den Kieselstein zum Hammer handlich ründen,
Zur Axt, zum Pfeil, zur Lanzenspitze schärfen,
Den Höhlenbär, das Mammuth niederwerfen,
Sich sättigen an ihrem Knochenmarke,
Daß Willensschwung und Muskelkraft erstarke.
Ich bahnt' ihm in unzähligen Aeonen
Den Siegespfad, als Erdenherr zu thronen.
Nun blitzt im Nu, entlang dem Meeresboden,
Sein Wort gebietend zu den Antipoden.
Nun überströmt in dünnen Kupferdrähten,
Zu Sonnenschein bei Nacht in fernen Städten,

Der Alpen und der Anden Firntiara,
Die Riesenkraft des Rhein, des Niagara.
　Nun bin ich allverehrt als Königin —
Als angeklagt, mit starrem Eigensinn
Zu wehren mir auf meinen Siegespfaden,
Bist Du hieher vor meinen Thron geladen.
Sprich, willst Du wirklich, Freiherr von Thoruhn,
Mich in den Bann für Deine Grenzen thun?
Aus Haß auf Alles, was durch mich geschah,
Mich hemmen als ein neuer Josua?
Verfaulen lieber sollen Deine Eichen
Als Kiele liefern, Spante, Räderspeichen?
Die Eisenstraße wagst Du zu verbieten,
Damit nur nicht den finstern Eremiten
In seinem Traum und falschen Weltbegriff
Erweckend störe der Maschine Pfiff?
Man sagt, daß Dich bereits nach Kampf gelüstet;
Du brächtest bald, zum Widerstand gerüstet,
Den Frieden der Gesellschaft in Gefahr?
Gib ehrlich Antwort: ist das Alles wahr?
　　Thoruhn. Wahr ist es.
　　Lisko (ausgestattet, wie der Text angibt, erscheint in der Oeffnung rechts).
　　Du hörst, o Göttin, er bekennt es frei.
Erlaube nun, daß ich sein Anwalt sei.

Ich trete her in schlichtem Arbeitkleide,
Auf meinem Haupt kein glänzendes Geschmeide.
Die **Menschenhand**, die nackte, schwielenharte,
Als Wappen zeigt die schmucklose Standarte.
Ich bin der Genius und Schutzpatron
Der **Einzelkraft, der tüchtigen Person**.
Nur mich verehrt er, dient mir treu und redlich
Und meint, mir seien **Deine** Gaben schädlich.

Und hat er Unrecht? Wenn Dein Arsenal
Uns neue Glieder leiht von hartem Stahl,
So lähmt uns das die **angeborne Kraft**,
Die, nicht gebraucht, nur allzurasch erschlafft.
Wir, die du **fliegen** lehrst in alle Fernen,
Wir fangen an, das **Laufen** zu verlernen.
Wen rasch und billig die Maschine kleidet,
Dem ist das Spinnen, Weben, Nähn verleidet.
Wo keine Hand mehr häkelt oder strickt,
Da wird der Finger steif und ungeschickt.
Wer nur halbnackt die Schippe täglich führt,
Im Kesselraum das Kohlenfeuer schürt;
Wer sonst nichts kann, als Nadeln öhren, schleifen,
Den Faden ziehn in Spindeln, auf die Weifen,
Der wird ein Krüppelrest vom Menschenbilde
Und ein Apoll ist gegen ihn der Wilde,

6*

Der, Hölzer quirlend, mühsam Feuer facht,
Der sich zum Wort noch keine Schrift erdacht,
Doch, flink zu Fuß, gewandt mit jedem Glied,
Wie'n Maulwurf hört und wie der Falke sieht.
Da dünkt es mir doch mindestens verzeihlich,
Da nenn' ich es verdienstlich selbst und heilig,
Ein Winkelchen der Erde frei zu halten
Für von Gesundheit blühende Gestalten;
Da preis' ich es als edeln Mannesmuth,
Nie zu vergessen, was das wahre Heil ist
Und stark zu glauben an ein ewig Gut,
Das uns um keinen Preis der Erde feil ist.
(Hinten ab.)

Thoruhn. Danke, Lisko, für den Freundschaftsdienst!

Hetty.
Wenn er das rechte Maß zu halten weiß,
Fortan zu schätzen auch mein Walten weiß,
Dann zieht die Liebe in sein Leben ein
Und auch von mir soll ihm vergeben sein.
(Ab.)

Land. Freiherr Josua von Thoruhn, ich trete vor Sie ohne allegorische Verkleidung, einfach als der Bauleiter der neuen Eisenbahn.

Thoruhn. Sie?

Land. Als der amerikanische Ingenieur Landolin Wittich.

Thoruhn (aufspringend, schreit) Wittich!

Land. Dessen Vater einst Ihre Freundschaft verdient hat, verdient bis zuletzt. Ohne Gleichniß, ein Schriftstück in der Hand, fordere ich, wofür Ihnen Verzeihung und liebebeglücktes Leben verheißen wurde von meiner Schwester Hetty.

Thoruhn. \
Gerh. / (Zugleich.) Hetty, seine Schwester?

Hetty und Listo kehren ohne die Zwischenspiel-Kostüme durch die Oeffnung rechts in die Mitte zurück.)

Land. Unterschreiben Sie diese Urkunde. Mit der verpflichten Sie sich, die neue, von mir gewählte dritte Trace der Eisenbahn zu gestatten. Sie durchschneidet nur einen Zipfel Ihres Landes. Ihr Eichwald und der Fuchsbühl bleiben verschont. — Ihr beredter Anwalt hat mir das entscheidende Argument zu Ihrer Vertheidigung überlassen. Nur eine Wunde im Gemüth hat Ihre Irrungen verschuldet. Es verbitterte Sie, Thoruhnshof nicht leiblichen Erben hinterlassen zu sollen.

Gerh. (springt auf, starrt ihren Vater, dann Landolin an). Was bedeutet das?

Land. (zu Gerharde). Vergessen Sie nicht Ihren Schwur! (Zu Thoruhn). Sie erfährt es nie, wenn Sie unterschreiben.

Thoruhn. Ich werde unterschreiben.

Land. Die Gemüthswunde schlug Ihnen ein Gespenst. Es zu bannen hab' ich Ihrer Tochter versprochen. Jetzt kann ich's. (Tritt durch die Mittelöffnung in die Kluft, zieht von links das Ende einer Strickleiter in Sicht.) Wer wagt es, an dieser Strickleiter empor zu klimmen, um aus der Mitte des Altmannschachtes ein Wundermedikament herabzuholen?

Makaun. Als ehemaliger Circus-Clown riskir' ich's trotz doppeltem Beinbruch.

Ramsh. Laß mich's besorgen.

Gerh. Nein — fort, fort! Das ist meine Sache. (Verschwindet kletternd in der Kluft.)

Hetty (in der Mittelöffnung ihr nachschauend). Sicher und gewandt wie 'ne Wildkatze.

Thoruhn (in der Mittelöffnung). Tollkühn! Auf so dünnen Schnüren!

Land. Seien Sie unbesorgt um Ihr Kind. Bester Manila-Hanf. Oben fest verankert wie die Drahtseile einer Kettenbrücke. Ich bin selbst hindurch gestiegen.

Hetty. Sie kehrt schon zurück. Fort Ihr Herren, weit fort.

Gerharde mit einem Sprung von links aus der Kluft tritt aus der Mittelöffnung.

Hetty. Sammle Athem.

Gerh. Sage — Fassung! — Weiß Alles — und muß mich verdachtlos heucheln, als wär' ich die liebe Einfalt vom Lande. Ich hab' es Landolin gelobt. Jetzt erst verstehe ich, warum er es mich schwören ließ — der herrliche Vollmann! (Tritt in die Mitte des Vordergrundes.)

Land. Was haben Sie gefunden?

Gerh. (für sich). Sei stark, mein gemartertes Tochterherz! (Laut und leichthin.) Nichts von Bedeutung — nur einen vermoderten Lappen. Er hing an einer ausgewichenen Sprieße der alten Verzimmerung. Hab' ihn aber für alle Fälle in die Tasche gesteckt. Schien mir die Hälfte eines Aermels von einst blauem oder grauem Sammet.

Thoruhn. Her damit. (Entreißt ihr, beschaut, küßt die Reliquie. In krampfhaftes Schluchzen aus=
brechend, legt er sie auf das Steinbett rechts, kniet nieder, faltet die Hände wie stumm betend und drückt das Gesicht auf den Lappen.)

Laud. (erst wann das stumme Spiel Thoruhns been=
det ist und er regungslos kniet, zu Gerharde). Helden=
haftes Mädchen! Ich sehe, Sie wissen Alles, auch wonach Sie nie zu fragen gelobt. Aber mit Aufruhr, Sturm und Brand im Herzen ver=
steht die Tochter kühl zu lächeln, wie ahnungslos. Mit solchen Frauen gehört uns Germanen das Erdenreich.

Thoruhn (hat sich erhoben; schließt Gerharde in die Arme, küßt ihr Stirn und Wangen, zuletzt auch die widerstrebenden Hände, bis es ihr gelingt, sie ihm zu entreißen). Meine Tochter, vergib mir meine lange Blindheit.

Laud. (gibt Thoruhn aus seiner Brieftasche einen Fetzen Papier). Hier, Vater Thoruhn — lesen — dann gehorchen.

Thoruhn. Das hat Wittich gekritzelt.

Laud. Sterbend.

Thoruhn (liest). „Josua — sage ja — bin unschuldig — schwör' es sterbend." Wozu soll ich ja sagen? (Nach musterndem Blick auf Landolin und Gerharde.) Ahn' ich es recht? Zum besten Beweis der Thorheit meiner Sünde?

Land. Fragen wir Gerharde. Hat sich der Dämon einen anderen Namen verdient? Darf ich Dein Landolin heißen?

Gerh. Ja, Dich darf ich lieben, weil ich muß.

Thornhu. Seid gesegnet.

Lisko (Hetty im Arm). Hier stehn noch zwei, die nun auch wissen, wen sie lieben dürfen. — Ramshorn!

Ramsh. Gnädiger Herr?

Lisko. Heute schoß ich den Zwölfer. Er liegt am Erlensprind. Schaff ihn in die Schloßküche. Alle meine und des Freiherrn Leute lade ein zum Festschmaus der doppelten Verlobung.

Thornhn. Makann, voran, bestell uns das Frühstück.

Makann. Ohne Nebelberger Schattenseite. Ew. Gnaden leg' ich statt Tellertuchs die Jagdstrümpfe zum Thränenwischen.

Thornhu. Meinetwegen, treuer Grobian. Aber setz' auch oberste Nummer Steinberger auf. Bei dem wollen wir singen: Und liebe, was Du lieben darfst.

Alle. Und liebe, was Du lieben darfst.

E n d e.

Druck der L. C. Wittich'schen Hofbuchdruckerei, Darmstadt.